규슈의
실종자들

규슈의
실종자들

펴 낸 날 2023년 12월 12일 초판 1쇄

지 은 이 한고운
펴 낸 이 박지민
책임편집 민영신
편 집 이경미, 김정웅
책임미술 롬디
마 케 팅 박종천, 박지환

펴 낸 곳 모모북스
서울특별시 동대문구 왕산로81, 203-1호(두산베어스 타워)
전화 010-5297-8303 팩스 02-6013-8303
등록번호 2019년 03월 21일 제2019-000010호
e-mail pj1419@naver.com

ISBN 979-11-90408-47-9 03810

편지로부터 시작된 실종사건

규슈의 실종자들

한고운 지음

모모북스

목차

PART 1

일본에서 실종된 그녀

"저희 딸이 실종되었어요."

한 중년의 여성이 경찰서에 숨을 헐떡이며 들어왔다.

"언제 가출하신 거죠? 성인 실종은 일주일 정도 있다가 오셔야 되는데…."

경찰은 흔하디흔한 가출이라고 생각하고 여성을 돌려보내려고 하였다.

"가출이 아니라, 실종이라고요. 딸이 5월 13일에 일본으로 갔는데 지금 8일째 연락이 안 되고 있어요."

그 여자는 손을 바들바들 떨었다. 그리고 자신의 딸의 신분증을 경찰에게 보여 주었다.

경찰은 그 여성에게 앉으라고 구석에 있는 의자를 꺼내 주었다.

"따님이 무슨 일을 하세요?"

"한국에서 일본어 강사를 해요. 한국에 돌아온 건 5년 전이고 그전까지는 저와 둘이서 일본에서 계속 살았고요."

경찰은 그녀의 딸에 관한 이야기를 계속 묵묵히 듣고 있었다.

"일단 해외에 있는 거라서 좀 기다려보세요."

"아니 지금 당장 저희 딸 찾아야 돼요."

경찰은 우겨대는 여성 때문에 신경이 곤두세워져 갑자기 짜증이 나기 시작했다.

"일본에서 여행하고 있나 보죠. 33살이나 된 다 큰 딸이잖아요."

경찰은 별걸 다 걱정한다면서 귀찮다는 손짓으로 여성을 내보내려고 했다.

"분명 3일 뒤에 돌아온다고 했다고요. 동창회인지 뭔지 갑자기 이상한 메일을 받았다면서…."

"이상한 메일이요?"

경찰은 그제야 그녀의 말에 귀를 기울이기 시작했다.

"아무튼 메일이 왔다는데…. 좀 횡설수설했어요. 딸이. 그러면서 갑자기 일본에 가야 한다면서 동창을 만나야 한다느니…. 일단 꼭 협조 좀 해주세요."

"그 이메일이 뭔지 좀 볼 수 있을까요?"

"저도 글쎄 그 메일을 보려고 했는데 삭제되었더라고요…."

"그럼 일단 이것부터 작성해 주세요. 일단 따님께서 일본에 계셔서 여행이 연장된 걸 수도 있고 여러 가지 상황이 있으니 좀 천천히 알아봅시다."

경찰은 여성에게 볼펜을 쥐여주고 작성하라면서 하나의 문서를 건넸다.

"아니 그럼 지금 당장 찾지 못한다는 건가요?"

"그게 일본에서 실종된 거라 수사 요청을 보내야 되기도 하고 아무튼 찾으려면 시간이 일주일 이상 소요될 거예요. 그사이에 연락이 되는 걸 수도 있고요."

경찰은 여성을 진정시키며 먼저 문서를 적게 시켰다.

"일단 수사가 시작되면 전화로 알려드릴게요."

"꼭 좀 부탁드릴게요."

여자의 손과 목소리는 사시나무 떨듯 무척이나 떨리기 시작했다.

여성이 돌아가고 나서 경찰들은 분주해지기 시작했다.

"일본에서 사라졌다고? 이거 일본에 수사 협조 요청부터 해야 되는데…. 귀찮아 죽겠네."

경찰은 메일을 받고 규수로 떠난 여자의 상황을 작성해 그녀가 마지막으로 실종됐다고 추측되는 시모노세키 지역의 경찰서에 협조 요청을 보냈다.

1

한 나흘 뒤에 규슈의 경찰서에서 답장이 왔다.

"어?"

경찰이 답변을 읽고 놀랄 수밖에 없었다.

"김현주 씨께 당장 오라고 연락해."

경찰은 삼 일 전에 왔던 김현주를 다시 불렀다.

김현주는 나흘 전 딸 실종 신고를 했던 그 여성의 이름이다.

현주는 이십 분 만에 슬리퍼를 신고 한걸음에 뛰어왔다.

"저희 딸 찾은 건가요?"

그녀는 희망적인 소식이라도 기다리고 있는 것 같았다.

하지만 경찰의 표정은 좋지 않았다.

"그게 아니라, 이상한 메일을 받았다고 했잖아요. 규슈에 유사한 실종이 두 개가 접수되었다고 그래서요."

"네? 그게 무슨 소리인지?"

현주는 이해가 가지 않아 기운만 계속 빠졌다.

"따님이 규슈에 있는 규슈 한인 학교 출신이 맞나요?"

"네 맞는데요."

경찰이 갑자기 딸의 출신 학교를 묻자 김현주는 실종이 동창회와 관련이 있는 건가라는 생각이 들었다.

"일본에 있는 실종자들이 따님이신 박미애 씨와 같은 동창이더라고요. 한국계 일본인과 한국인이요. 이상한 편지를 받고 나갔다는 공통점이 있더라고요."

"이상한 편지요? 내용이 어떤 건데요?"

여자는 단순한 실종이 아닐까 봐 불길한 마음이 들기 시작했다.

"그건 저희도 잘 모르겠어요. 실종자들이 메일이나 편지를 받고 규슈로 가야 한다는 말만 하고 사라졌더라고요. 일단 자세한 상황을 알려면 일본으로 가시는 게 좋을 것 같아요. 저희가 경찰서를 알려드릴게요."

경찰은 그 여자에게 경찰서의 정보가 담긴 쪽지를 건넸다.

PART 2

협박범이 된 그들

"세이카 오늘 손님들 서비스 잘해 드려야 돼. 너 한국인이라고 한국어로 실수하지 말고."

"네 언니. 근데 오늘 오는 사람들 무슨 일 하는 사람들인데요?"

세이카는 마담에게 오늘 오는 손님들의 정보를 캐묻고 싶었다. 그 이유는 괜찮은 직업이면 큰 거 하나 물자는 심리로 접근하려는 목적이었다.

"그냥 화이트칼라들"

"아…."

세이카는 내심 사업가이길 바랐기에 아쉬움이 들었다.

세이카는 다른 종업원들과 화이트칼라들이 있는 6번방으

로 들어갔다.

"안녕하세요."

세이카와 종업원들이 인사하자 방에 있는 남자들은 술에 취해 얼굴이 벌게진 채로 박수를 쳤다. 그리고 그들은 자기 옆에 앉으라고 손짓을 했다.

세이카는 이번 손님들이 지루하기 시작했다. 얻어 갈 것도 별로 없고 술주정만 더러울 게 뻔하기 때문이다.

남자들의 술주정은 가지각색이었다. 자신의 아내 흉을 본다든지 자기 자식들 사진을 보여 준다든지.

"넌 몇 살이야?"

검은 정장을 입고 40대 후반은 돼 보이는 남자가 세이카의 어깨를 만지작거리며 물었다.

"27살이요."

세이카는 나이를 더 어리게 말했다. 예전에 솔직하게 나이를 말했다가 왜 이렇게 늙은 사람을 보냈냐고 항의가 들어온 적이 있었기 때문이었다.

'팁이나 주고 이러지.'

세이카는 속으로 그의 욕을 했지만 웃으며 대답할 수밖에 없었다. 이 일은 그런 것이기 때문에.

"자 여기."

세이카의 속마음을 알았는지 한 손님이 세이카의 귓등에 5천엔 팁을 꽂았다.

세이카는 적은 팁에 기분이 상했다.

오늘의 손님들은 종업원들의 몸을 터치하거나 모욕적인 말을 종업원들에게 내뱉기도 했다.

세이카는 얼른 이 자리를 뜨고 싶어서 잠시 방에서 나갔다. 그리고 1층으로 내려갔다.

"낮에는 화이트칼라를 입어도 밤에 술만 먹으면 개가 돼. 하여튼."

세이카는 그들을 개로 호칭하며 그런 개들을 상대하는 것에 지쳐 건물 밖을 나와 바로 담배부터 피워 댔다.

추운 겨울이라서 얇은 술집복은 너무나도 추웠다.

"팁도 그지같이 줬네. 그러면서 진상은 또 엄청 부려요 하여튼."

이런 생활도 언제까지 할까라는 생각이 들면 머리가 까마득해졌다. 33살이면 더 이상 세이카를 받아줄 술집도 이곳밖에 없는 것을 알았다. 그래도 나름 업계에서 매출이 높은 곳이라서 버티고 나 있지 이곳을 나가려면 세이카에게 있어서 남자밖에 없다. 자신을 먹여 살릴 남자만 건지면 됐었다.

담배를 생각 없이 태우다 보니 그녀는 반 갑을 훌쩍 넘게 피고 말았다.

"에휴 올라가 봐야지."

세이카는 담뱃불을 신발로 뭉개고 다시 룸이 있는 술집으로 올라갔다.

그녀는 스트레스와 피곤함에 지쳐 집에 가고 싶어졌다.

"저 이만 가볼게요."

"어 뭐야? 벌써 끝났어? 그냥 가게?"

"네. 진상들이 많아서요."

세이카는 마담에게 인사를 하고 술집에 나섰다.

술집에 나가는 순간 그녀는 '세이카'가 아닌 일본에 거주하는 한국인 '김지현'이 된다.

겨울의 추위는 몹시 매서웠지만 코트를 입으니 따뜻했다.

집에 도착 전 그녀는 공중화장실에 들어갔다. 술집 일이 끝나면 항상 하는 일이다. 그리고 집에서 갖고 왔던 옷으로 갈아입었다. 동생 지아에게 들키지 않기 위해서이다. 공중 화장실 앞에는 노숙자가 누워있었다.

"아이씨. 뭐야."

지현은 그게 미래의 자신의 모습일 것 같아 보기 싫었다. 그리고 행여나 자신에게 말이라도 걸을까 봐 무서워 빠른 걸음으로 걸었다.

그렇게 걷다가 어느새 지현은 자신의 집인 반지하에 다다랐다. 그리고 시간은 새벽 4시였다.

"띠링"

현관문을 열었는데 웬일인지 집에 불이 켜져 있었다.

"지아야 안 자고 있었어?"

지아는 지현이의 8살 어린 동생이었다.

무슨 일인지 지아의 표정은 좋지 않았다.

지현의 대답에도 아무 말도 하지 않았고 지아는 빤히 지현만 쳐다봤다.

"너 내일 출근하는 거 아니야?"

지현은 갑자기 불길해져 아무 말 하지 않는 지아에게 다시 물었다.

"언니야말로 공장이 야간시간대밖에 없어?"

지현은 동생에게 밤에 나가는 이유를 야간 공장일 때문이라고 핑계 댔다.

"응 그치. 근데 그게 왜?"

지아는 크게 한숨을 쉬었다.

"이게 뭐야?"

지아는 꾸깃꾸깃한 종이 한 장을 내밀었다. 지현은 심장이 빨라지기 시작했다.

"언니 내가 의심 안 했던 건 아니야. 이상해서. 새벽에 항상 나가서."

지아의 눈빛은 지현에게 실망한 눈빛이었다.

"이거 그냥 계약서야. 그냥 새벽에 더 좋은 회사로 옮기려고…."

지현은 지아가 내민 종이를 말도 안 되는 변명으로 해명하기 시작했다.

"근데 어떻게 팁인지 뭔지랑 이상한 이런 조건은 왜 쓰여 있는 건데?"

지현은 지아의 추궁에 눈물이 터지기 시작했다.

"그래 돈 좀 벌고 싶어서 그랬다. 일한 지는 5년 넘었어. 나 여기서 일한 지 꽤 됐어."

"제정신이야? 이딴 일 한다고? 언니 걸레야. 알아?"

지아의 걸레라는 단어에 지현은 얼굴이 벌게졌다.

"뭐 걸레? 너 대학 학비 어떻게 마련한 줄 알고? 이런 일 하면서 몸 굴려 가면서 너 고등학교 학비 대학 학비 다 마련한 거야. 알아?"

지현은 울분과 설움이 섞여 소리를 질러댔다. 지아는 지현의 말에 할 말이 없었다. 본인의 삶을 언니가 이런 일을 하면서까지 만들어준 것을 이제 알았기 때문이다.

"너 지금 직장 만들어준 게 나라고 알아? 공부시켜 준 게 나란 말이야. 엄마 아빠 없이 너 키우느라 어쩔 수 없었다고, 나는 고등학교도 제대로 못 다니고."

지현은 그만 울다가 지쳐 바닥에 주저앉았다. 지아도 괜히 마음이 이상해져 산책이라도 하려고 밖에 나갔다. 지아가 나간 동안 지현은 계속 울다가 정신이 들기 시작했다.

"이 일을 관둬야 하는 건가…."

그녀는 동생이 자기를 창피해할까 봐 무서워지기 시작했

다. 동생 지아는 항상 지현이 어떤 짓을 해도 부끄러워하지 않았다.

그리고 한참의 시간이 지나자 동생 지아가 들어왔다. 그리고 어색한 공기 감돌자 지아는 방에 홀로 들어갔다.

지아가 방에 들어간 이후부터 지현과는 대화를 나누지 않았다. 그리고 그렇게 말을 안 한 지 이틀의 시간이 지나 월요일이 되었다.

지현은 동생과 싸운 지 이틀이 지났지만 어색한 기운은 남아있었다. 지아는 지현에게 말을 걸고 싶었지만 참는 눈치였다.

밤 12시가 되자 지현은 다시 어김없이 세이카의 인생으로 살려고 준비했다. 이제는 숨길 게 없어서 술집복 그대로 입고 현관문을 나서려던 참이었다.

“언니 오늘도 가려고?”

동생이 이틀 만에 건넨 말이었다. 지아의 눈빛은 가지 말라고 말하는 것 같았다.

“응. 돈 벌어야지.”

지현은 씁쓸하게 대꾸했다.

I

지현은 동생과의 사건 이후로 심적으로 혼란이 왔다.

일을 관둬야 할지 계속해야 할지에 대한 고뇌가 생겼다. 그래서 그런지 그녀는 오늘따라 남의 술주정이 더 듣기 싫어졌다.

"아가씨 뭐야 ? 왜 아무 말이 없어."

술 취한 한 손님이 세이카에게 짜증을 냈다.

세이카는 짜증이 나 한숨을 푹 쉬었다.

"뭐야? 얜. 사장 어딨어? 당장 이 여자 내쫓아."

손님은 세이카의 등을 손으로 퍽 밀었다. 그렇게 세이카는 첫 번째 손님에게 쫓겨났다.

"너 갑자기 왜 그래? 저 손님이 얼마나 중요한 손님인지 모르고 그래? vip란 말야."

마담은 세이카에게 평소에는 쓴소리를 잘 하지 않았지만 오늘만큼은 할 수밖에 없었다.

세이카는 할 말이 없었다. 변명도 할 수 없었다.

"너 다음 손님 방 배정해 줄 테니까 이번에는 정신 똑바로 차려야 한다. 알겠지?"

마담은 다시 세이카에게 다른 손님의 업무를 넘겼다.

"네"

세이카는 가만히 마담의 꾸중을 들을 수밖에 없었다.

그리고 다음 손님을 기다릴 수밖에 없었다.

"세이카."

손님이 왔는지 마담이 세이카를 불렀다.

"2번방 들어가. 손님 한 명이야."

세이카는 두 명의 종업들과 같이 2번방으로 들어갔다.

"안녕하세요. 세이카입니다."

인사를 한 세이카는 고개를 들었다.

그 손님은 세이카를 계속 유심히 쳐다보았다. 세이카도 손님의 외모가 마음에 들었는지 기분이 나쁘지는 않았다. 자신의 또래 같아 보였고 옷은 비싸 보이지는 않았지만 스타일이 나쁘지 않았다.

"김지현?"

그때 그 손님 입에서 세이카 본명이 나왔다.

"맞지 김지현? 나 최형준."

세이카 아닌 김지현은 그제야 그가 누군지 한눈에 알아볼 수 있었다. 16년 전 같은 학창시절을 보냈던 규슈 한인 학교 동창이었다.

지현은 반가움보단 떨떠름함이 먼저였다. 이미 각자 다른 학교를 졸업하거나 자퇴를 해서 지현이 같이 놀던 무리들은 다 갈라졌기 때문이다. 서로의 길을 찾아서 갈라졌다. 왜냐하면 각자의 신분들이 다 달랐기 때문이다.

"어…."

밝은 최형준과 달리 지현은 어떻게 반응해야 할지 몰랐다.

"예명이 세이카야?"

"어"

지현은 갑자기 만난 동창 때문에 놀라서 눈을 제대로 볼 수가 없었다.

"어울려. 세이카. 저 세이카랑 둘만 있고 싶은데 다들 나가 주시겠어요?"

형준은 옆에 있는 여자들을 내보내고 세이카가 아닌 지현과 둘만의 대화를 나누고 싶어 했다.

"넌 요새 뭐하면서 사는데?"

“중고차 딜러도 하면서 가끔 호스트바에서 선수로 일하기도 하고 이렇게 술집 구경하러 올 때도 있고.”

“너도 나랑 비슷하구나. 인생이. 우리 같은 부모 복 없는 애들이 그렇지 뭐. 차라리 너처럼 부모가 없는 게 낫지. 난 있다가 사라져 버렸어. 이거 원 없다고 할 수도 없고. 아무튼 뗄 수 없는 혹이야.”

형준은 지현의 말에 아무렇지 않은 척하려 했지만 사실이기에 자존심이 상할 수밖에 없었다.

“내가 선수로 일할 때랑 이렇게 직접 술집을 보러 올 때랑 기분이 무척 다르다? 내가 손님들에게 이렇게 동물원의 짐승 같아 보였을까라는 생각이 들더라.”

현준은 지현의 마음에 비수를 꽂는 말을 하고 싶었다.

“괜히 자존심 상한 거 티 내지 마. 우리 엄마도 나랑 같은 일 했어. 아빠는 한국에서 일본으로 놀러 왔다가 일본인 술집 여자인 우리 엄마를 만난 거고. 종업원이었어.”

지현은 아무렇지 않아 했다.

“동생은 잘 지내?”

형준의 물음에 지현은 말을 머뭇거렸다.

"동생은 나랑 달라. 공부도 해서 대학도 가고 지금 시청에서 일하고 있어. 얼마 전에 내가 이런 일 하는 거 알고 나랑 싸웠거든. 근데 이런 일로 자기 대학 보낸 건 모르더라고."

"네가 뭐 어때서. 부모 잘못 만난 운명적인 죄 때문이지."

"후미토랑 지한이는 알아?"

지현은 주제를 바꾸고자 형준에게 물었다.

"부모 복 없는 불쌍한 같은 처지인 우리도 연락을 안 하고 살았는데 뭐 걔네한테 연락이라도 하겠냐? 걔네는 부모 복이라도 있지. 한 명은 신분 세탁해서 정의로운 기자 됐지 한 명은 사업이나 하고 앉아있지."

지현은 술잔을 만지작거리며 씁쓸한 표정을 지었다.

"맞아. 미애 기억나? sns로 연락해 봤는데. 나 차단했더라. 나 같은 술집 여자랑 상대하기 싫다는 건가?"

지현은 미애의 일이 생각나 화가 나기 시작했다.

"후미토 걔도 아주 철판을 깔았더라? 이참에 협박이라도 할까 생각 중이야. 우리랑 똑같이 지저분하게 살아놓고서는 저들은 부모 잘 만나 순탄하고 우리는 남의 시중이나 들고 있고."

형준도 갑자기 후미토의 생각에 흥분을 하기 시작했다.

“너 그러다가 협박죄까지 추가돼서 이미 흙 같은 인생 진흙밭 만들 생각이야? 그냥 살아. 너답게.”

지현은 헛웃음을 치며 술을 들이마셨다.

“지금은 안 해. 좀 더 인지도 쌓이면 그때 터뜨리게.”

“그때가 언젠데?”

지현도 기대가 되었는지 물었다.

“몰라. 조금만 더 유명해지면. 어차피 걔는 그 사건 얘기 꺼내면 나한테 돈 줄 수밖에 없어.”

“그 사건이라면?”

“니시메 유리”

“뭐?”

지현은 너무 놀라 유리컵을 놓쳐 깨져버렸다.

“아이 깜짝아. 뭘 그렇게 놀라. 우리 다 같이 그래 놓고서는.”

지현은 형준의 팔을 꽉 잡으며 노려보았다.

“너 그거 다른 사람들한테 말 안 했지? 너 진짜 입 함부로 나불대면 안 된다. 알았지?”

“야 내가 미쳤냐? 그냥 후미토한테 협박용으로 쓰게. 워낙

정의로운 척하길래 꼴사나워서."

지현은 마음이 놓였는지 꽉 잡았던 형준의 팔을 놓았다.

형준은 지현에게 묘한 감정이 느껴졌다.

"나 여기 자주 와도 되지? 너 보러."

"응"

지현은 형준의 말에 알겠다는 듯 고개를 끄덕거렸다.

PART 3

고요함 속에 폭풍

마스코 후미토는 오늘도 어김없이 신문 회사에 출근했다.

"좋은 아침이에요."

출근한 그는 그의 동료들과 짧게 인사를 나눴다.

"후미토씨 저번에 취재한 뇌물 사건 취재한 보람이 있겠네? 시장이 주는 정의로운 기자상도 탈 거라는 소문이 돌던데."

"그랬으면 저도 좋겠네요."

후미토는 동료들이 전해주는 기쁜 소식에 미소로 답했다. 후미토는 도쿄의 신문사에서 사회부 기자로 일을 한다. 그의 어머니는 한국인이며 아버지는 일본인으로 일본 대형 신문사의 부사장직을 맡고 3년 전 그가 30살 때 은퇴했다. 후미토는 아버지의 가치관을 이어받아 사회부 기자가 되었다.

후미토는 전국적으로 인정받는 기자이다.

그는 사회의 어두운 이면을 낱낱이 밝히는 기자가 되겠노라고 다짐했다.

그의 다짐은 진심이 통했는지 정의로운 기자에 항상 거론되는 인물이다. 그리고 자신의 이름을 건 방송 프로그램도 운영 중이었다.

"후미토씨 축하해."

화기애애한 사무실에 누군가가 후미토를 축하했다.

그리고 그에게 축하를 건넨 이를 보자 모든 직원들은 일어섰다.

그는 바로 이사 아야미였다.

"우리 후미토씨가 정의로운 기자상을 탄다고 합니다. 시장님께서 직접 와서 전해주겠다네요. 이번 주 목요일 내일이에요."

이사 아야미는 후미토를 향해 응원과 격려가 담긴 의미로 어깨를 세 번 툭툭 쳤다.

"감사합니다. 이사님 그리고 모든 시부야 신문사 동료 여러분. 제가 앞으로 더 사회의 어두운 모습을 밝히는 기자가 되겠습니다."

그는 쏟아지는 박수갈채 사이에서 소감을 전했다.

후미토는 90도로 인사를 하고 기쁨에 벅차올랐다.

오늘만큼은 자신이 주인공 같았기 때문이다.

후미토는 그날 하루가 세상에서 가장 행복한 날이었다.

그리고 그는 그날 밤 집에 들어가 아주 편안하게 잠이 들었다.

그리고 눈을 떠보니 아침이 되었고, 후미토가 기대했던 시상식인 오늘이 되었다.

후미토는 옷을 단정하게 차려입고 시상식에 도착했다. 그는 긴장하지 않으려고 최대한 노력했다.

"후미토 왔어요?"

시상식에 먼저 온 이들이 후미토를 반겼다.

후미토는 의자에 앉아서 수상 소감문을 속으로 계속 중얼거리고 있었다.

시상식에는 시장이 직접 와서 후미토에 대하여 소개하기 시작했다.

"마스코 후미토씨는 한국인 어머니와 일본인 아버지 사이에서 태어났으며 시부야 신문사 부사장이었던 마스코 코우스케의 피를 물려받아 사회부 기자가 되었습니다. 사회에 소외된 부녀자를 취재하거나 아무도 엄두 내지 못했던 정치인 뇌물 사건을 해결하며 사회에 큰 긍정적인 영향을 주었으므로 이 상을 수여하겠습니다."

후미토는 시부야 신문사를 비롯한 여러 지방 정치인들이 쏟아내는 박수갈채 사이에서 무대 위로 당당히 걸어 올라갔다.

"제가 이 자리에 있는 것은 아마 저희 아버지 덕분이 아닐까 싶습니다. 매번 어려운 이웃에 대한 이야기 그리고 사회의 더럽고 어두운 이면을 보여 주면서 저를 사회부 기자로 만들었습니다. 사회에 소외된 이들과 기회조차 주어지지 않는 이들을 살펴보며 항상 낮은 곳에서 일하겠습니다. 이 이념 하나로 저는 여기에 오게 되었습니다. 저는 사회부 기자로서 정의롭고 청렴한 기자가 되겠습니다. 그리고 시부야 신문사 사회부 식구들 너무나도 감사합니다."

후미토의 수상 소감을 마치고 모두들 박수갈채가 쏟아졌

다. 그리고 후미토는 일본에서 가장 정의로운 기자라는 제목으로 기사가 나갔다. 그는 이제 일본에서 가장 잘나가는 기자가 되었다.

I

시끌벅적한 회식 자리에서 하나같이 입을 모아 후미토를 칭찬했다. 후미토는 부끄러운지 고개를 숙이며 감사 인사만 전했다.

"후미토 축하해."

후미토에게 잔을 부어주며 축하해준 그녀는 유키이다.

"고마워. 유키가 주는 술이라 더 달게 느껴지는 것 같아."

유키는 후미토와 기자 동기이자 연인 사이이다.

유키는 후미토와 서로의 미래를 계획하며 약속한 사이이다. 회사 내에서는 직원이지만 밖에서 그들은 별반 다를 것 없는 연인 사이이다.

서로들 후미토의 잔에 술을 부어주면서 마시라고 재촉

했다.

"오늘같이 행복한 날인데 마셔야지. 안 그래 후미토?"

"맞아요. 하하"

후미토보다 오히려 부장님이 더 기뻐하며 술잔을 넘치게 부으며 요란스러웠다.

회식 시간이 후반을 달리며 무르익을 무렵 하나둘씩 술에 취하기 시작했다. 시계는 밤 12시를 향해갔다.

"후미토씨."

그때 술이 취한 유키가 그의 어깨에 기댔다. 후미토는 직원들이 알아볼까 봐 놀랐다.

"유키씨 잠시만요."

후미토는 술에 취한 유키를 일으켜 세웠다.

그리고 그녀를 택시를 태워 집에 보내야겠다고 생각했다.

"우리 이제 여기서 회식을 마무리할까요?"

후미토는 얼른 회식을 마무리시켰다.

"유키 잘 가."

"월요일날 보자 후미토. 집 가면 연락할게."

술이 취한 후미토는 유키를 데려다줄 수 없어서 택시에

태워 집에 보냈다.

집에 온 후미토는 샤워를 하고 냉장고에서 맥주 한 캔을 꺼냈다.

"띠링"

그리고 곧이어 핸드폰에 문자 알람음이 울렸다. 유키가 집에 잘 도착했다는 문자였다.

후미토는 유키의 문자를 보고 마음이 편안해졌다.

그리고 맥주를 따서 벌컥벌컥 마시기 시작했다.

지금은 혼자만의 축하주 시간을 갖는 것이었다.

후미토는 침대에 누워 창밖을 바라보며 아까의 수상 소감을 다시 되짚었다.

"정의로운…. 정의로운 기자"

잠깐 동안의 생각에 잠긴 후미토는 나머지 일을 하기 위해 노트북을 꺼냈다.

일을 시작하기 전에 그는 먼저 자신에 대한 기사가 잘 나왔는지부터 확인했다.

매번 그가 진행하는 프로그램을 마치고 나면 댓글을 확인하는 버릇이 있다.

후미토가 가장 좋아하는 댓글은 '발로 뛰는 기자'라는 호칭이었다. 그리고 오늘부터 그는 상을 통해 '정의로운 기자'라는 호칭을 얻게 되었다.

"후미토…."

그는 오전에 받은 시상식 사진이 잘 나왔는지 확인했다.

그는 입꼬리가 계속 올라가며 꽤나 만족스러워했다.

"좋아 만족스러워."

이제야 안심이 된 후미토는 그의 기자 공용 메일을 열었다. 그것은 그가 일을 시작할 때 가장 먼저 하는 것이다. 각종 제보와 정보들이 항상 쌓여 있기 때문이다. 오전에는 시상식 때문에 제대로 일을 하지 못해 메일이 한가득 쌓여 있었다.

그가 메일함을 열자 눈에 띈 메일이 있었다. 가장 최근에 온 메일이었다. 발신자의 이름은 없었다. 메일이 온 시간은 아까 후미토가 여러 잔을 받아 마시며 회식을 했을 때쯤이었다. 제목이 눈길을 끌었다.

제목은 "현직 방송인의 실체를 폭로합니다." 였다.

후미토는 흥미로운 눈빛으로 메일을 클릭했다.

제목: 현직 기자의 실체를 폭로합니다.

그는 가장 이중적이면서 가장 무서운 인물입니다.

그의 과거를 알면 전 국민이 충격받을 겁니다.

그에 대해서 마스코 후미토씨가 가장 잘 알 것 같아서 여기다가 메일을 보냅니다. 그는 일단 아주 악랄한 사람이죠. 물론 저도 그렇습니다.

아무튼 그는 지금 사회부 기자를 하고 있죠.

그는 규슈 한인 학교 출신이며 지금은 사회부 기자를 하고 있죠. 오늘 정의로운 기자상을 받을 정도로 전국적으로 인지도가 있으며 정의로운 기자인 척 아주 오만을 떨죠. 넌 알고 있지? 니시메 유리. 내가 원하는 게 뭔지 알지? 그것만 준비하면 난 밝히지 않아.

010-****-*****로 연락해

-최형준-

마스코 후미토는 글을 읽으면서 표정이 점점 어두워졌다. 그와 동시에 손이 떨리며 숨이 가빠지기 시작했다.

“이게 뭐야!”

후미토는 불안해졌는지 손가락을 물어뜯기 시작했다. 자신의 감춰진 어두운 이면이 밝혀질까 봐 무척 불안에 떨기 시작했다.

“아니야…. 장난 메일이야. 어디 못 배우고 돈 없는 거지 같은 게 협박이나 하려고 얻다가 주워듣고 썼나 보지.”

그리고 메일의 내용을 급기야 부정하기 시작했다.

그리고 마지막 최형준이란 단어를 보고 그는 과거 16년 전의 기억에 잠겼다. 아무리 생각해도 답이 나오지 않았다.

“신고해야 돼? 아니야 그러다가 진짜 폭로라도 하면.”

후미토는 자신의 명예와 유키 그리고 모든 것들이 한순간에 물거품 되는 상상을 하자 괴로워졌다.

“이런 진짜!”

급기야 화가 조절이 안 된 그는 모든 물건을 던져 부시기 시작했다.

“그래 돈이야. 이런 없이 살고 못 배운 더러운 것들한테는 돈이 최고지. 얘도 돈이 필요하단 거잖아."

후미토는 정의로운 가면이 벗겨지고 진정한 본인의 모습이 나와버렸다. 그리고 메일에 있는 번호로 전화를 걸었다.

"여보세요. 메일 잘 받았어?"

통화음이 연결되었다.

"야 너 갑자기 뭐야?"

후미토는 상대 쪽의 남자에게 소리를 질렀다.

PART 4

실종자에게서 온 편지

불안함을 안고 온 현주는 바로 규슈 경찰서로 달려갔다. 그곳에는 세 명의 사람이 있었다. 두 명은 부부로 보였고 한 명은 막 경찰서에 도착한 듯한 젊은 여성이었다.

"김지아 씨 여기로 앉으세요."

경찰은 그 젊은 여성을 의자에 앉혀서 조사를 하려던 참이었다.

"언니분께서 언제 실종되었다고요?"

"한 5일 전쯤이에요."

"부모님은 계세요?"

"어머니는 돌아가시고 아버지는 계시는데 연락이 안 된지는 20년 넘은 것 같네요."

경찰은 키보드를 치며 한숨을 푹 내쉬었다.

"한국 이름은 김지현, 세이카라는 예명으로 언니가 나카스 유흥가에서 일하시던 거 아세요?"

"네."

부끄러움은 지아의 표정에서 피해 갈 수가 없었다,

"언니가 유흥업소에서 일을 한다는 건 두 달 전쯤 처음 알았어요. 그것 때문에 싸웠었거든요. 근데 이번 달에 일을 관둔다고 했어요. 사랑하는 남자가 생겼다고요. 전 그 남자가 의심이 가요."

"그 남자가 한국인 최형준이 맞으세요?"

김지아는 놀랄 수밖에 없었다.

"제가 직접 본 적은 없지만 언니가 그 남자에 대해 말해준 적이 있어요. 일하다가 만났는데 같은 학교 출신이었다고요. 같은 한국인이면서 쭉 일본에서 살았다고요. 그리고 그 남자와 동거를 하겠다고 나갔어요."

경찰은 가해자 김지현 참고인 조사를 해야 한다면서 지아에게 출석할 것을 요구했다.

"네? 저희 언니가 가해자라고요? 무슨 소리세요. 저희 언니는 실종되었다고요. 그 남자부터 조사해 보세요."

"김지현 씨가 마지막까지 연락한 사람이 최형준이에요. 5월 13일 최형준이 김지현에게 문자로 큰돈을 챙겼고 다시 한국으로 같이 돌아가서 살자고 했고요. 최형준의 핸드폰에 기록이 남아있어요."

"근데 그게 뭐죠?"

경찰이 말을 이어 나가는 도중에 지아는 말을 뚝 끊었다. 경찰은 무시하고 말을 이어 나갔다.

"그 문자를 보면 최형준이 김지현 씨를 해쳤다고 보기 어렵고요. 오히려 최형준과 김지현 씨가 후미토 씨의 실종에 가담을 한 것 같아 보입니다. 최형준이 후미토 씨의 기자 메일로 과거를 폭로하겠다는 협박 메일을 보냈어요. 그러니 직접 만나서 돈을 달라고 했고요. 그 돈으로 김지현과 최형준은 떠난 것처럼 보이고요."

"그러면 비행기 기록이라도 찾아보세요. 무작정 추측으로 그렇게 몰아가시면 안 되시죠."

지아는 경찰의 막무가내적인 추측에 그만 화를 내버렸다. 경찰도 슬슬 짜증이 나기 시작했다.

"남의 돈 떼먹으려는 사람들이 뭐 비행기라도 탔을까요? 배 타고 어디 불법으로 밀항이라도 했겠죠. 애초에 그런 일을 하실 사람들이면 자신들이 실종을 당하는 게 아니라 실종을 시킬 사람들입니다."

"그게 무슨 소리세요?"

지아는 조사 책상을 탁 치며 자리에 일어나버렸다.

"그럼 저희 딸은요?"

뒤에서 경찰 조사를 묵묵히 기다리던 현주는 경찰에게 물었다.

"아니 뭐…. 그냥 동창회 핑계 대고 여행 갔다가 실종됐을 수도 있고. 한국인이니까 한국 경찰에 가서 물어보세요."

"제발 저희 딸 좀 찾아주세요."

현주는 일본에 와서도 일이 해결되지 않아 그만 자리에 쓰러져 울부짖었다.

"우리 후미토는 18일 날 실종되었어요. 최형준을 만난다고 한 것은 그 전이었고요."

옆에 있던 부부의 말이 경찰서를 침묵시켰다.

부부 중 한 명의 남자는 경찰에게 명함을 꺼냈다.

명함에는 마스코 코우스케라고 쓰여있었다.

그러자 경찰은 그 부부를 의자에 모셨다. 경찰은 아까와는 다르게 태도가 사뭇 적극적으로 바뀌었다.

"후미토 씨와는 어떤 사이이신 건가요? 실종 신고는 여자 친구인 유키 씨께서 했습니다."

"후미토는 저희 부부의 아들입니다. 제가 아버지고요."

남자의 표정은 평온했으나 목소리에는 떨림이 느껴졌다.

"아드님과 같이 사시는 건가요?"

"아니요, 원래 저희와 같이 살다가 2년 전부터 회사 근처에서 살게 되었죠."

경찰은 질문을 계속 이어 나갔다.

"아드님이 18일에 나갔는데, 왜 실종 신고를 하지 않았던 것이죠?"

"같이 안 살고 따로 살다 보니까 그냥 하루 이틀 연락 안 된 것을 크게 생각하지 않았어요. 그런데 유키가 저희에게 연락이 왔더라고요."

"어떤 연락이었죠?"

경찰은 그 부부에게 물었다.

"유키가 말하기로는 사라지기 전날 밤에 이상한 말을 했대요. 자기가 어떤 사람인지 알아도 용서해달라고요. 그리고 미친 사람에게서 편지가 날아와 자신을 괴롭힌다고."

"흠…. 유키 씨에게 언제 연락 왔나요?"

경찰은 고개를 갸우뚱거렸다.

"유키가 21일 저녁에 저희에게 전화가 왔어요. 도쿄 경찰서에 실종 신고를 했다고요. 후미토에게 들었던 말이 신경쓰이기도 하고 실종 이틀째 때 후미토 집에 가봤는데 문이 안 열린대서요. 그리고 후미토가 유키에게 자신이 규슈로 가겠다는 문자를 보냈어요. 그래서 저희가 이 경찰서에 오늘 오게 된 것이고요."

"아드님께서 혹시 정신과를 다니신 적이 있었나요?

혹시나 업무 때문에 스트레스 받아서 가출을 했다거나 그럴 수도 있으니깐요."

경찰은 혹시나 정신질환으로 인한 가출이 아닌가 의심했다.

"아니요, 절대요. 그리고 우리 후미토는 가출할 애가 절대 아니에요. 유키와 약혼식을 올리기로 했었거든요. 그 편지부터 조사해 주세요."

그의 어머니인 정지희는 아들의 행방불명이 무척이나 긴박했는지 급기야 눈물을 쏟아냈다.

"메일이 아니라 편지라는 것이죠?"

"네. 분명 편지라고 했어요."

"그럼 최형준이 보낸 메일 말고 또 다른 것이 있는 건가…."

경찰은 여러 일이 겹쳐 있자 중얼거리며 혼잣말을 했다.

"반장님."

그때 경장이 머리를 싸매고 있던 반장 경찰을 불렀다.

"어 왜?"

"도쿄 경찰서에서 협조할 겸 소포가 왔는데 혹시 도움이 될까 싶어서요. 며칠 전에도 경찰서에서 한 한국인 남성이 자신에게 규슈에서 이상한 편지가 왔다면서 혼이 나간 채로 신고를 했더라고요. 그리고 그 사람도 지금 실종 상태고요."

경장은 반장 경찰에게 소포를 건넸다. 그리고 경장은 그 소포를 뜯고 하나의 편지를 꺼냈다.

안녕 난 니시메 유리야.

보고 싶었어.

너희들을 잊지 못해

절대로

앞으로 이 편지를 계속 보낼게.

마지막 편지에는 우리가 만날 장소가 쓰여있어.

그 편지는 아무한테도 보여 주지 말고 너 혼자 와.

만약 일을 크게 만들면 너도 불리해지는 거 알지?

증거는 차고 넘쳐

너의 증거를 없애주고 용서를 해줄 마지막 기회야.

-규슈에서 보내는 유리가-

"나 원 참…. 이거 마지막 편지에 장소가 쓰여있다는데 그걸 알아야지"

경찰은 편지를 읽고 기가 찼다.

"이게 뭐야?"

경찰은 편지 봉투 안에 이상한 물체를 꺼냈다.

그것은 머리카락이었다.

“이거 원한에 의한 복수가 아닐까 싶은데. 가해자가 피해자들의 약점을 가지고 불러낸 것이 아닐까 싶은데요?”

경장은 반장에게 말했다.

“그거 저희도 읽어봐도 될까요?”

지아가 실종자 가족들 대표로 물었다.

“네. 읽어 보세요.”

경장은 지아에게 편지를 건넸다. 지아가 편지를 받자 옆에 있던 실종자 가족들이 다 모여 있기 시작했다.

편지를 읽으면서 지아는 머릿속에 무언가가 스쳐 지나갔다.

“맞아요. 저희 언니도 이상한 말을 했어요. 저에게.”

그때 지아는 무언가가 생각이 났다.

그리고 경찰서에 모든 사람들은 지아를 주목했다.

“언니가 저한테 마지막 연락 날 유리라는 사람이 찾아오면 절대 문 열지 말고 언니가 올 때까지 기다리라고 했었어요. 저는 그때 유리라는 사람이 혹시 최형준이 몰래 만나는 여자인 건가라는 생각을 했었거든요.”

지아는 이 사건이 니시메 유리와 관련이 있을 것을 확신했다.

"저희 딸에게 온 메일을 복구할 수는 없을까요? 저희 딸도 누군가한테 이상한 메일이 왔다 그랬어요."

코우스케 부부와 김현주 또한 자신의 자식들이 이 사건과 연관이 있을 것임을 확신하기 시작했다.

"니시메 유리가 누군지 어디서 사는지 조사부터 해야겠어. 그리고 이 머리카락 누구 거인지부터 확인해 봐. 니시메 유리라는 사람 것이 맞는지 아닌지부터."

"네 알겠습니다. 반장님."

경찰은 니시메 유리부터 조사하기 시작했다. 그리고 반장은 편지에 같이 딸려 온 머리카락을 감식관에 보내라고 경장에게 넘겼다.

한 삼십 분이 지나자 이 작은 경찰서에 누군가가 또 들어왔다.

"저기요 제 동거남이 여기서 실종됐다고 들어서요."

짧은 복장을 한 여성이 들어왔다.

"어디서 오셨는데요?"

경찰이 물었다.

"아니 도쿄 경찰서에서 여기로 오라는데요? 당신들이 나를 참고인 조사로 부르신 거 아니에요?"

여자는 까칠한 말투로 경찰의 물음에 답했다.

경찰은 갑작스러운 여자의 등장에 도쿄 경찰서에 전화를 걸었다.

"어떻게 된 거야? 뭐? 윤지한 동거녀 조사를 왜 우리한테 넘긴 거야? 규슈 실종 사건이랑 연관만 있다는 거지 완전히 이 사람에 대한 조사를 떠넘기면 어떡해?"

경찰은 할 일이 늘어났다는 생각에 짜증부터 났다.

여자는 급기야 담배를 입에 물고 라이터를 가까이 댔다.

"여기서 피우시면 안 됩니다. 일단 밖에서 피고 오시고 여기에 앉으세요."

경찰은 그녀를 제재했고 그녀를 통한 참고인 조사를 시작했다.

PART 5

누군가가 보낸 편지

"여보세요. 메일 잘 받았어?"

통화음이 연결되었다.

"야 너 갑자기 뭐야?"

후미토는 상대 쪽의 남자에게 소리를 질렀다.

"후미토 진짜 오랜만이다. 나 최형준이야."

후미토의 전화를 받은 그는 자신의 이름을 최형준이라 밝히며 여유로운 목소리로 후미토를 상대했다.

후미토는 그의 여유로운 반응에 오히려 더 열이 받게 되었다.

"갑자기 이런 이상한 메일은 왜 보낸 거야?"

"진짜 몰라서 묻는 거야? 네가 얼마나 더러운 사람인지?"

형준은 후미토의 태연한 반응에 헛웃음을 쳤다.

"너 증거도 없이 사람을 그렇게 몰아가는 거야? 나 그런 폭로 당할 만한 일 한 적 없어. 어디 한번 폭로해 봐. 이 자식아. 고소할 테니까."

후미토는 아무것도 모른다는 듯이 일관했다.

"너 생각보다 멍청하네. 무고죄로 고소해. 난 어차피 망한 인생이거든? 증거도 없이 내가 그럴 줄 알고? 어차피 내가 양심고백 해서 밝혀져도 난 감방 가면 끝이야. 인생은 너나 망하는 거고."

증거라는 말을 듣고 후미토는 들고 있는 전화기를 바들바들 떨기 시작했다.

"야 너 대단해졌다. 그래도 부모 믿고 사업하는 애들 많은데 기자로 성공도 하고."

전화 속 최형준은 계속해서 후미토를 비꼬았다.

"이 나쁜 자식 아직도 이런 양아치 짓이야?"

후미토는 전화기를 붙들고 고래고래 소리를 질렀다.

"한번 양아치는 영원한 양아치야. 그게 너고."

형준도 후미토의 말에 맞받아쳤다.

“뭐? 이게 미쳤나?”

“난 긴말 안 해. 오천만 엔만 준비해. 난 잃을 게 없어. 그러니 고소한다는 말 하나도 먹히지 않아. 오천만 엔 정도면 너희 집 부자니까 가능하지? 그럼 너의 명예도 지켜줄게.”

후미토는 자기보다 못난 형준이 자신을 협박하는 것이 자존심이 상하고 말았다.

“알았어. 그 정도는 줄게. 대신에 더럽게 돈 받고도 협박하면 내가 어떤 수를 써서 너를 없애 버릴 수도 있어.”

“과연 네가 나를 없앨 수 있을까? 내가 입 한마디 열면 너랑 나는 다 같이 나락 가는 거거든.”

형준은 후미토의 협박에 비웃음으로 응답하며 아무렇지 않게 도발했다.

“그래 너같이 부모 능력 없이 불쌍하게 자라고 그런 애들은 남한테 부림 당하는 게 익숙하잖아. 안 그래? 오늘만큼은 너 따위가 감히 나를 이용한다는 거지? 좋아 들어줄게 너 부탁.”

후미토는 상대의 자존심을 무참히 밟는 말을 했다. 그는 형준이 자신과 다른 사람이란 걸 구분시켜 주고 싶었다.

형준은 후미토의 말에 반박하지 못했다. 자신의 정곡을 찌르는 말이었기 때문이었다.

"13일 오후 1시에 너네 회사 역 1번 출구 앞 커피숍으로 갈게."

형준은 후미토의 말에 자존심이 상한 나머지 별다른 말을 하지 않고 용건만 건네고 끊었다.

"이걸 어쩌지…."

전화를 끊은 후미토는 다리가 떨리기 시작했다. 전화를 하면서는 못 느꼈던 불안감이 몰려오기 시작했다. 급기야 그는 다리에 힘이 풀려 그 자리에서 주저앉고 말았다. 후미토는 불안에 떨어서 잠을 잘 수가 없었다. 그렇게 후미토는 인생에서 가장 불행하고 불안한 주말을 보내게 되었다.

"폭로글 올라오는 건 아니겠지…."

초조해하며 손톱을 물어뜯어서 그의 손가락은 퉁퉁 부어버렸다. 하지만 아픈 것조차 느낄 새 없이 불안감을 안고 자신의 이름을 검색하면서 밤을 보냈다.

그리고 월요일 아침이 밝자 그는 무거워진 몸을 이끌고 어김없이 출근을 했다.

"안녕하세요."

후미토는 기운 없는 목소리로 동료들에게 인사를 건넸다.

"무슨 안 좋은 일이라도 있어? 표정이 안 좋네."

그의 직장동료들은 표정이 너무 창백한 후미토 걱정을 했다.

"후미토가 걱정할 게 뭐 있어. 아주 존경받는 기자인데. 안 그래요?"

부장은 친분을 과시할 겸 후미토의 어깨를 툭 치며 말했다.

후미토는 그의 말에 오히려 더 큰 공포감을 느껴서 식은 땀이 나기 시작했다.

"저 잠시만 화장실 좀 갔다 올게요."

후미토는 화장실로 달려가자마자 세면대에 얼굴을 박고 물을 벅벅 문지르기 시작했다.

"정신 차리자. 후미토. 그래야 살 수 있어."

후미토는 거울 속의 자기 자신을 바라보며 최면을 걸듯 혼자서 중얼거렸다. 그렇게 그는 혼이 나간 채로 다시 사무실로 들어갔다.

삼십 분이 지나자 부장이 그를 다시 불렀다.

"후미토."

갑자기 자신의 이름을 부르자 그는 놀란 표정을 지었다.

"네? 왜죠?"

부장은 그런 후미토를 보며 당황스러움을 느꼈다.

"왜라니 후미토. 아까 지시한 업무는 다 했는지 물어보려고 한 거지."

"아 죄송합니다. 부장님. 지금 하겠습니다."

후미토는 형준의 협박 때문에 신경이 쓰여 업무능률이 떨어질 수밖에 없었다.

"흠…. 한참 전에 줬는데. 많이 들뜬 모양인가 보네."

부장은 오늘따라 후미토가 이상하다고 생각했다. 아마 후미토가 유명세 때문에 많이 부담스러워해서 그런 것 같다고 어림짐작했다.

점심시간이 되자 후미토는 사회부 직원들과 다 같이 밥 먹으러 갔다.

음식에 손을 안 대는 후미토를 보고 계속해서 동료들은 그에게 시선이 쏠렸다. 그의 심각한 표정을 보고 하나둘씩 후미토에게 걱정의 말이 쏟아졌다.

"아까부터 표정이 너무 안 좋네. 후미토.

"그니깐요. 후미토 아프면 병가라도 내."

후미토는 불안했는지 손이 떨리기 시작했다.

"후미토 안색이 안 좋아 왜 그래?"

그녀의 여자친구 유키가 걱정되는 눈빛으로 물어보았다.

"아 아무것도 아니야. 어제 술을 먹어서 그런가."

후미토는 억지로 밥을 꾸역꾸역 먹었다.

혹여나 최형준이 폭로라도 할까 봐 불안에 벌벌 떨면서 밥을 먹었다.

사무실에 도착하고 나서도 유키는 계속해서 후미토를 주시했다. 그때 후미토의 메신저함에서 알람이 울렸다. 유키가 메신저로 후미토에게 무슨 일이 있는지 물어본 것이었다.

"후미토 왜 그래 오늘 아침부터. 무슨 일 있는 거야?"

"진짜 아니야. 유키. 그나저나 아까 먹은 밥이 체한 것 같아."

후미토는 너무 스트레스를 받아서 그런지 아까 먹었던 맨 흰쌀밥이 올라올 것만 같았다.

그런 후미토의 모습을 본 유키는 잠깐 나가서 소화제를

사 들고 후미토 책상 위에 올려놓았다.

후미토는 유키가 사준 소화제를 보고 더욱더 착한 그녀를 놓치고 싶지 않았다. 자신의 과거 모습을 안다면 분명 떠나갈 것이 당연하다고 생각했다.

그렇게 오만 가지 생각이 든 후미토는 토를 참지 못하고 화장실로 달려갔다.

"우윽…. 윽윽"

정신적 고통에 너무나도 괴로워진 그는 급기야 위액까지 같이 뱉어 내버렸다.

그리고 후미토는 초췌해진 자신을 거울로 바라보았다. 그런 자신의 모습을 바라보며 합리화하기 시작했다.

"그래. 돈 주면 입 다물겠지. 만약에 그래도 폭로한다면 나는 그냥 아무 죄도 없는데 협박당한 거야. 그래서 돈을 준 거라고 하면 돼."

I

온종일 형준의 협박에 후미토는 퇴근 후에도 심장이 계속해서 가파르게 뛰었다. 집에 온 그는 평소처럼 밥을 먹을 수도, 맥주를 마실 수도, 편히 쉴 수도 없었다. 숨을 쉬는 이 순간 자체가 곤혹스러웠기 때문이었다.

"일주일 정도 병가를 내야겠어."

후미토는 도저히 제정신으로 살아갈 수가 없어서 일주일 병가를 신청했다.

"그래. 최형준 그 자식은 몸만 쓰는 애니까 적당히 잘 구슬리면 될 거야."

그는 두려움에 스스로 다독였지만 계속 떠오르는 불길한 생각과 괴로움 속에 갇혀 있을 수밖에 없었다.

그는 잠을 몇 번이나 깨면서 제대로 잘 수가 없었다. 그렇게 수면제를 먹으며 겨우 잠든 후미토는 다음 날 점심이 훌쩍 지난 3시에 일어났다.

핸드폰을 켜보니 유키의 문자가 와 있었다.

퇴근 후에 약을 사 들고 집에 방문하겠다는 내용이었다. 후미토는 알겠다고 대답했다. 그리고 유키가 방문할 것을 대비해 방을 치우기 시작했다.

"쓰레기가 산더미처럼 쌓였네…."

쌓인 쓰레기를 보면서 자신이 마치 폐인이 된 것 같은 기분이 들었다. 후미토는 집안의 쓰레기를 모아서 밖으로 끌고 나갔다. 쓰레기를 버리러 나오던 찰나였다.

"우편물이 왜 온 거지"

우편함에 무언가가 들어 있었다. 하나의 편지였다. 분홍색 봉투의 편지 겉에는 아무것도 적혀 있지 않았다.

"편지가 올 데가 없는데…."

후미토는 편지를 꺼내 들고 고개를 갸우뚱거렸다.

동시에 그는 불길한 기분이 감돌았다. 그런 불안함에 편지의 내용이 궁금해 참을 수 없었다. 집에 들어오자마자 그는 급하게 바로 편지를 뜯었다.

안녕 난 니시메 유리야.

안녕 후미토.

잘 지내니?

나도 잘 지내

나를 잊고 지냈지?

너 엄청 잘나가더라.

나는 잘 살아 있어. 너희들을 잊지 못해.

후미토 앞으로도 계속 난 이 편지를 쓸 거야.

마지막 편지에는 내가 있는 장소를 쓸 거야.

그곳으로 와야 돼. 무조건.

-규슈에서 보내는 유리가-

편지의 첫 줄을 읽자마자 후미토는 머릿속이 새하얘졌다. 급기야 후미토는 머리를 쥐어뜯으며 자학하기 시작했다. 그러다가 다시 그는 가만히 멍 때렸다.

이런 행동을 계속해서 반복하게 되자 후미토는 정신줄을 놓고 말았다. 한참의 시간이 흘렀는지 유키가 이미 집 앞에 도착해서 초인종을 누르고 있었다.

"왜 이렇게 안 나오는 거지?"

유키는 초인종을 눌러도 응답이 없는 후미토가 걱정되기

시작했다.

"후미토 지금 안에 있는 거야? 혹시 쓰러진 건 아니지?"

유키는 문을 두드리며 소리쳤다.

그러던 그때 눈이 퀭해진 후미토가 현관문을 열었다.

그의 얼굴은 식은땀이 흐르고 다리와 눈은 힘이 풀린 채 서 있었다.

그런 모습을 본 유키는 당황보다는 걱정이 먼저 앞섰다.

"후미토 많이 아파? 약 사 왔어."

유키는 후미토 집 안에 들어왔다. 후미토는 집 안에 자신에 대해 밝혀질 어떤 흔적이라도 남아 있을까 봐 안절부절못했다.

"후미토 왜 이렇게 불안해 보여?"

"어…. 아니…. 그…."

후미토의 표정은 유키를 더욱더 불안하게 만들었다. 유키는 책상 위에 있는 편지를 가리켰다.

"이 편지는 뭐야?"

유키는 다른 여자가 준 건지 의심스러웠다.

"안돼! 손대지 마!"

후미토는 놀란 나머지 유키에게 소리를 질렀다.

유키는 이런 후미토의 모습에 실망감을 감출 수가 없었다,

"미…. 미안해. 내가 잘못했어."

뭔가 잘못됐다는 걸 안 후미토는 유키에게 사과했다.

유키는 한숨을 푹 쉬며 후미토에게 속상함을 토로했다.

"후미토, 요새 힘든 거 있어? 이 편지는 그냥 너의 사생활이니까 넘어갈게. 그래도 나에게 힘든 게 있으면 말해줬으면 좋겠어."

후미토는 자신이 소리 질러도 이해해주는 유키에게 큰 죄책감을 느꼈다.

"후미토 오늘 너무 힘들어 보여. 내가 괜히 왔나 봐."

유키는 후미토를 바라보며 한숨을 쉬었다.

후미토는 이런 상황에서도 화를 내지 않고 자신을 이해해주는 넓은 마음을 가진 유키에게 더더욱 미안해졌다.

"아니야. 아프니까 너무 예민해졌나 봐. 미안해, 유키."

후미토도 유키가 화가 났을까 봐 안절부절못했다.

"나는 그럼 이만 가볼게. 푹 쉬어."

"그래."

유키가 집을 떠나자 후미토는 가슴이 텅 빈 기분이 들었다. 그리고 곧이어 정신이 바짝 들었다.

"누가 도대체 이런 짓을…."

후미토는 이 짓이 최형준의 짓이라고 확신했다.

"이 자식이 지금 이런 짓까지 한단 말이야? 배운 게 없으니 사람 협박이나 하지."

후미토는 화가 머리끝까지 난 채로 바로 최형준에게 다짜고짜 전화를 걸었다.

"편지 네가 한 짓이야?"

"그게 무슨 소리야."

형준의 말투는 예상외로 사뭇 달랐다.

정말 아무것도 모른다는 말투였다.

형준의 대답을 듣고 후미토는 그가 한 짓이 아님을 확신할 수 있었다. 대답의 진실은 그의 말이 아니라 말투를 들으면 짐작할 수 있었기 때문이다.

"아니야 됐어. 13일 내일모레 그곳에서 보는 거야."

후미토는 더 이상 말을 하면 불리해질 것 같은 기분이 들어 별말 없이 전화를 그만 뚝 끊어버렸다.

"그럼 도대체 누가 이 짓을 한 거야…. 내 집 주소를 아는 건가?"

후미토는 당최 편지의 발신자를 알 수 없었다.

"니시메 유리는 분명히 죽었는데 나에게 어떻게 편지가 온 거지?"

2

형준은 두 달 동안 매주 지현이 일하는 곳을 찾아갔다.

"지현. 나 왔어."

"응"

형준은 지현이 일하는 술집에 자주 찾아와서 그 술집의 단골이 되었다. 그렇게 자주 왕래를 하게 되어 지현과 많은 대화를 나누는 사이가 되었다. 자연스레 서로에 대한 이성적인 감정도 생기게 될 수밖에 없었다.

처음에는 형준이 부담스러웠지만 지현은 점점 마음이 열

리기 시작했다.

“그래서 일은 잘 돼가?”

지현은 형준이 후미토에게 돈을 받았는지 물어보고 싶었다.

“무슨 일?”

“후미토 일 말이야. 후미토 요새 완전 잘나가던데. 며칠전에 상 받았다고 뉴스에도 나왔더라? 돈은 안 준대?”

지현은 마음이 가기 시작한 형준이 후미토 일이 잘 돼가길 바라는 마음이었다.

“아 그거 잘 돼가고 있어. 13일에 보기로 했는데 나올지 안 나올지는 모르겠어. 그나저나 나 할 말 있어.”

“뭔데?”

지현은 형준이 무슨 말을 하고 싶은지 궁금했다.

“너 이 일 언제까지 할 생각이야?”

형준은 다짜고짜 지현의 일에 관해서 물었다.

“나도 몰라. 너야말로 유흥일 언제까지 할 건데?”

“나는 만약에 후미토에게 5천만 엔 받게 되면 관두고 한국으로 가게.”

지현은 액수를 듣고 깜짝 놀랄 수밖에 없었다.

"뭐 5천만 엔? 그렇게 큰돈을 준다고?"

"당연한 거 아니야? 내가 함부로 말하는 순간 걔는 작살나는 건데 과연 5억이 부족할까? 걔네 집 부자잖아."

지현은 그래도 큰 액수에 입이 벌어질 수밖에 없었다.

놀란 지현을 뒤로한 채 형준은 계속해서 말을 이어 나갔다.

"그래서 일단 내가 하고 싶은 말은 너도 이 일 관두고 싶으면 오늘부터라도 상관없고 같이 우리 집에 오던가. 내가 매주 이곳에 찾아온 이유는 네가 신경 쓰여서니까." 지현은 잠깐 동안 고민했다. 어차피 이런 일을 하는 자신이 굳이 비싸게 굴 필요도 없을뿐더러 형준에게 마음이 있기 때문에 크게 고민하지 않았다.

"알겠어. 다음 주 내로 짐 싸서 갈게. 근데 일은 이번 달 말까지만 할게."

지현은 이 지긋지긋한 생활을 청산해서 한편으로는 후련한 마음도 들었다.

"그래. 나도 내일모레 돈 받으면 바로 관두려고."

형준 또한 자신이 일하던 술집 가게를 관두기로 결심했다.

3

후미토는 누군가가 자신을 볼까 봐 모자를 푹 눌러쓰고 계속 두리번거렸다. 그가 도착한 곳은 회사 근처 카페였다. 최형준과의 약속 때문이었다.

후미토는 핸드폰을 열어 최형준과 약속한 장소에 맞게 도착했는지 다시 한번 확인했다.

"여기가 정확히 맞겠지?"

그는 병가를 낸 상태라서 회사 사람들과 행여나 마주칠까 봐 카페 주위를 계속 둘러보았다.

아는 사람이 없다는 것을 확인하고 들어갈 수 있었다.

후미토는 10분 일찍 들어갔지만, 최형준도 이미 도착한 상태였다. 16년이 지났어도 최형준을 한눈에 알아볼 수 있었던 것은 목에 있는 문신 때문이었다.

"후미토. 어이 여기"

최형준이 팔을 들어 후미토를 불렀다.

후미토는 형준이 자신의 이름을 부르자 놀라서 손가락을 입에 갖다 대며 조용히 하라는 표시를 했다.

"야 내 이름 부르면 어떡해? 여기 게다가 회사 근처란 말이야."

"후미토 이제 아주 유명한 기자 됐다고 잘났네. 잘났어. 준비한 거는 가지고 왔지?"

후미토는 검은 가방을 꺼냈다.

"네가 말한 돈이야. 다시는 연락하지 말자."

최형준은 지퍼를 열어 돈 냄새를 맡기 시작했다.

"나 때문에 마음고생 좀 했겠다?"

형준은 교활한 웃음을 후미토에게 지었다. 후미토의 약점을 쥐고 흔들 수 있다는 생각에서 나온 기쁨의 미소이기도 했다.

"됐고, 너야말로 너 수준에 맞는 일 하느라 마음고생했을 것 같은데?"

후미토는 아무렇지 않은 척 그의 말을 받아쳤다.

"그래? 별로 마음고생 안 했나 보네. 그럼 돈 좀 자주 부탁

할게."

"뭐? 이 자식이!"

후미토는 순간 분노의 감정이 올라왔다. 주변에 사람들이 있는 것도 까먹고 고함을 지르고 말았다.

"하하. 장난이야. 공공장소에서는 조용히 하자. 더 이상 협박은 안 할게. 그렇게 남의 눈치 많이 보면서 그런 짓은 왜 했대?"

그는 계속해서 후미토를 자극했다.

'어휴. 그냥 가만히 있자.'

후미토는 더 이상 형준의 도발에 가만히 있기로 결심했다. 그런데도 그는 편지가 찝찝해 계속 머릿속에 맴돌았다.

"너는 편지 받은 거 진짜 없어?"

후미토가 조심스럽게 형준에게 물었다.

"무슨 편지? 돈은 고맙다. 야. 나 이게 처음이자 마지막 협박이야. 앞으로 서로 연 끊고 잘 살자고. 난 한국으로 갈 거야."

형준은 지폐에 푹 빠져 돈의 냄새를 맡기만 하고 아무것도 모른다는 표정이었다.

"한국으로 간다고?"

후미토는 형준이 완전히 떠난다는 것을 듣고 놀라서 눈을 동그랗게 떴다. 한편으로는 기쁘고 안도하는 마음이었다.

"응. 너한테 원하는 만큼 돈 받았으니까 뭐 이제는 협박 같은 거는 안 할게."

후미토는 원하는 대답을 듣고 바로 의자에 일어섰다.

"뭐야, 후미토 벌써 가게?"

후미토는 형준에게 아무 인사 없이 카페를 나섰다.

"내 집 주소도 알고, 도대체 누가 보낸 거지? 정말 두려워 죽겠네."

후미토는 편지를 보낸 것이 최형준의 짓이라 생각했지만, 그의 표정을 봤을 때는 아니라는 것을 이번에 다시 한번 확신했다.

최형준을 해결하고 나서도 또 하나의 문제가 발목에 잡힌 것 같아 후미토는 머리가 지끈거렸다.

가장 두려운 것은 정상에 있는 그가 무너져 내릴 것에 대한 두려움이었다.

"유키도 내 프로그램도 내 명성도 무용지물이 되면 어쩌지….”

후미토는 다리에 힘이 풀려 주저앉아 버렸다. 주변 사람들은 길가에 갑자기 풀썩 주저앉은 그를 이상하게 쳐다봤다.

‘일단은 병가를 냈으니까 여기 있지 말고 집부터 가자.’

그는 회사 사람들이라도 마주칠까 봐 가방에서 모자를 꺼내 푹 눌러썼다. 그리고 빠른 걸음으로 집으로 향했다.

“아까 최형준과 나눈 대화 누가 들은 건 아니겠지? 그 자식이 내 이름 너무 크게 불렀는데….”

그는 카페에서 형준과 나눈 대화를 누군가가 들었을 것이라는 찝찝함이 들었다. 불안함을 안은 채 그는 빠른 걸음으로 집으로 향했다.

집에 도착한 후미토는 우체통에 무언가가 온 것을 발견했다.

그의 심장이 절제할 수 없을 정도로 빠르게 뛰기 시작했다.

“이게 왜 나에게 또 온 거야?”

떨리는 손으로 후미토는 우편물을 꺼냈다. 어제와 같은 색의 편지였다.

편지를 뜯어서 바로 내용을 확인한 후미토는 너무 놀라

그만 떨어뜨리고 말았다.

후미토

18일까지 규슈 한인 학교 옆 컨테이너로 와.

안 그러면 난 대중 앞에 나타나 모든 것을 폭로할 수 있어.

-니시메유리-

그에게 온 편지는 짧은 몇 줄뿐이었지만 후미토에게는 강렬한 글이었다.

4

한편 형준은 돈 가방을 보자 웃음을 주체할 수가 없었다.

"이게 5천만 엔이라고? 너무 행복하다."

그리고 그는 곧바로 지현에게 전화를 걸었다.

"아 얘는 왜 전화를 안 받아"

지현에게 전화를 걸었지만 통화음이 연결되지 않았다.

형준은 지현이 전화를 받지 않자, 나중에 확인할 수 있도록 문자를 남겼다.

나 지금 후미토한테 큰돈을 받았어. 며칠 뒤에 짐 챙겨서 집에 들어와. 그리고 며칠 있다가 한국으로 가자고.

형준은 돈 가방을 끌어안으며 실실 웃기 시작했다.

카페에 나선 그는 건너편에 백화점 하나가 눈에 들어왔다.

"돈도 벌었는데 선물이라도 하나 사갈까?"

백화점 들어간 그는 가장 비싸 보이는 명품관에 들어갔다.

"로고 가장 크게 박혀있는 거로 주세요."

PART 6

정체불명의 여자

"너 인마 일찍 일찍 출근하라 했어 안 했어?"

아침부터 사무실은 누군가의 큰소리로 시작된다.

지한에게 호통치는 이는 그의 아버지이다.

지한은 유흥에 절어 사는 소위 망나니 그 자체이다.

어젯밤에도 새벽까지 술자리를 벌이며 노느라 출근할 때도 술 냄새가 절어 있었다.

그런 술 냄새를 맡은 아버지 입장에서는 속이 터질 수밖에 없는 노릇이었다.

그의 한국인 부모님은 그가 5살 때 일본에 건너와 사업을 시작해 그 뒤로 안정적인 중소기업으로 성장해서 계속 안착하게 되었다.

지한의 일상은 늦게 일어나 출근하고 싶을 때 아무 때나 출근하는 자유로운 인생이다.

"똑바로 안 일어날래? 매번 왜 이렇게 지각하는 거야?"

그의 아버지는 매일 그에게 같은 잔소리를 했다.

"네네 일찍 출근할게요."

그는 부모의 잔소리가 귀찮다는 듯이 귀를 파며 고개만 까닥거렸다.

"너 이제부터 이 회사에 나오지 마라. 이 회사를 너 따위한테 맡길 마음이 없어. 너는 분명 말아먹을 게 분명해."

"아니 좀! 내 나이 33살이라고. 참견 좀 하지 마."

오히려 소리치는 건 지한이었다.

"너 그런 소리 할 거면 너 스스로 밥 벌어먹고 살아. 네 나이 33살에 남들은 부모님께 의존 안 하고 다 혼자 살아. 알겠어?"

지한은 아버지의 맞는 말에 딱히 뭐라 할 말이 없어지자 곧이어 소리를 고래고래 질러댔다.

"잔소리도 한두 번이지. 이게 몇 번째야. 내가 애냐고."

"너 당장 여기서 나가!"

그의 아버지는 화가 나 지한의 뺨을 한 대 내리쳤다.

"아이씨. 나 여기 다시는 출근 안 해."

지한은 있는 힘껏 문을 발로 차고 사무실을 박차고 나갔다.

사무실을 박차고 나가니 차가운 매서운 겨울바람이 그의 코끝을 찔러 댔다.

"아휴 추워 죽겠네."

하지만 그는 아버지의 호통에서 벗어난 심적 자유를 느꼈다.

그의 아버지는 지한의 약점을 안다.

그냥 부모님의 경제적인 것에 기대서 살아가는 삶이 윤지한의 삶이었다. 자기 능력 없이 부모에게 빌붙어 사는 것, 부모의 돈으로 유흥을 즐기는 그것이 약점이었다.

그의 아버지는 그가 유흥에 절어 성실하게 출근하지 않으면 그 점을 약점으로 삼아 휘둘러 댔다.

"아 진짜!"

그는 자신을 화나게 한 아버지가 생각나 길가에서 마구 소리를 지르기 시작했다.

분이 안 풀렸는지 급기야 길가에 널브러진 돌멩이를 발로 차버렸다.

그렇게 두 시간을 혼자서 돌아다니다가 지한은 지치기 시작했다.

"아휴 그냥 집이나 가야겠다."

지한은 딱히 갈 곳이 없어 자기 집으로 돌아갔다.

"집에 혼자 있는 게 이렇게 외로운 것이었나."

혼자 아무 생각 없이 침대에 뒹굴뒹굴하는 것이 그에게는 인생 최대 고비이자 괴로움이었다.

심심해진 지한은 책장에서 졸업 앨범을 꺼냈다,

"아, 이거 진짜 오랜만이다."

앨범에서 낡은 종이가 뚝 떨어졌다. 그것은 기타 악보였다. 그가 중학교 때 즐겨 듣던 일본 음악 少年時代 (소년시대)의 기타 악보이다.

"참. 나도 순수한 때가 있었지."

추억에 잠긴 그는 구석에서 몇 년간 잠자고 있던 기타를 꺼내 들었다.

"너무 오래돼서 기억이 잘 안 나네."

지한은 더듬거리면서 손가락을 짚어 댔다.

"이게 맞나? 다 까먹어버렸네."

엉뚱하게 연주하게 되자 기타에 흥미를 금방 잃어버렸다. 그는 기타 대신 콧노래를 부르며 흥얼거렸다.

그가 중학교 때 좋아하던 이 음악은 그의 아버지가 들려주던 노래였다. 중학교 때까지는 지한은 말을 잘 듣는 모범적인 학생이었다. 하지만 고등학교를 올라오면서 지한은 나쁜 길을 걷게 되었다. 그때부터 그와 그의 부모님 사이의 충돌이 시작되었다.

"중학교 때까지는 그래도 아빠랑 사이좋았던 것 같은데…."

그는 혼잣말하며 기타를 다시 도로 갖다 놓았다.

"앨범이나 볼까."

지한은 졸업 앨범을 다시 꺼내 들었다.

그가 나온 고등학교는 규슈 한인 학교이다.

"기억난다. 얘가 후미토, 얘는 최형준 그리고 김지현, 박미애. 재미있었지. 근데 다시는 돌아가고 싶지 않아."

지한은 16년 전의 과거를 떠올렸다.

"얘네 얼굴도 다 까먹었네. 어차피 다시는 안 보는 게 우리 인생에 더 도움이 되지."

그는 졸업 앨범을 덮고 다시 침대에 드러누웠다.

"아. 너무 답답해. 이런 생활. 맞지 않아. 이렇게 아무것도 안 하고 있는 거."

한 시간 정도 침대에서 멍 때린 그는 생산적인 일을 하고 싶어졌다. 그에게 생산적인 일이란 술을 먹으면서 노는 것이다.

"에이씨 그냥 나답게 살아야겠다."

오늘도 그는 유흥가의 거리로 갔다. 그가 자주 가는 곳은 가부키초 거리이다.

오후가 되자 술집들은 북적거리며 네온사인은 화려했다. 하나같이 직장인들과 젊은이들이 식당에 모인 모양이었다.

"이렇게 기분이 뭣 같은 날은 술집에 가서 여자나 만나야겠다."

지한은 스트레스를 푸는 방법은 오로지 돈을 써대며 접대부 여성들의 환심을 사는 방법밖에 없었다.

그는 화려하게 빛나는 가부키초 거리를 두리번거렸다. 마음에 가는 술집이 있는지 계속 돌아다녔지만 딱히 새로운 곳에 가고 싶지 않았다.

"그냥 어제 갔던 곳이나 가자."

그는 어젯밤부터 새벽까지 놀았던 술집에 다시 갔다. 여기는 그가 자주 가는 단골 술집 중 하나이다. 그리고 어제같이 놀던 나미라는 예명을 사용하는 접대부를 또 불렀다. 지한은 어제 집에 오고 나서도 나미가 계속 눈에 밟혔다.

"어 오늘도 오셨네요?"

나미가 지한을 보고 아는 체했다.

"응 그냥 놀러 왔어."

지한은 나미에게 술을 따라 달라며 빈 술잔을 건넸다.

나미는 지한의 잔에 양주를 가득 채워주었다.

"넌 몇 살이니?"

지한은 나미의 나이가 궁금했었다. 본인보다 어려 보이지만 그렇다고 학생 같아 보이지는 않았기 때문이었다.

"저는 26살이요. 근데 왜 물어보세요?"

나미는 그가 나이를 왜 묻는 건지 궁금했다.

"왜 이런 일을 시작한 거야? 반반해서 먹여 살릴 남자는 많을 텐데."

지한은 자신보다 7살이나 어리고 일반 접대부 여성과 다르게 곱게 생긴 나미에게 계속 눈길이 갔다.

"남자한테는 관심이 없어요."

"근데 왜 이런 일을 하는 거야? 이런 일을 하는 사람이 그런 말은 어울리지 않네."

지한의 비꼬는 말에 나미는 아무 대꾸하지 않았다.

"한국인이세요?"

나미는 어제부터 지한의 말투가 신경 쓰였다.

"응. 어떻게 안 거야?"

"그냥 발음이 한국인 같아서요. 전에 같이 살았던 한국인 남자친구가 있었거든요."

나미는 형준의 말투를 듣고 자신이 과거에 동거했던 남자가 생각났다.

"그 사람은 뭐하던 사람인데?"

"그냥 뭐 동종 업계 사람이지요. 나이도 당신과 같아요."

"그렇군…."

지한은 말없이 컵만 만지작댔다.

"너 집은 어디야?"

지한이 나미에게 물었다.

"여기에요."

"집이 여기라고? 술집에서 사는 거야?"

지한은 깜짝 놀라 다시 물었다.

나미는 고개만 끄덕였다.

나미의 표정은 항상 한결같아 보였다. 어딘가가 차가워 보이면서 상처가 많아 보이는 그런 얼굴이었다.

"여기 사장은 뭐 괜찮아? 나쁘진 않고?"

"이런 일 하는 사람 중에 착한 사람이 어디 있어요. 그냥 서로를 일꾼으로 보기만 하죠."

지한은 잠깐 고개를 숙이며 머리를 긁적이며 무언가를 생각하는 중이었다.

"너 우리 집에서 살래?"

지한은 외로움을 달래고자 어제부터 신경 쓰였던 나미를 집으로 들이고 싶어 했다.

"뭐, 어차피 여기서 사는 것보다는 나을 수도 있겠네요."

나미는 나쁘지 않은 조건인 것 같아 동의했다.

어제 손님으로 왔었던 지한의 매너가 나쁘지 않았던 것도 이유였다.

"대신에 이 일을 그만두는 걸로 나랑 약속해."

나미는 그의 말에 당황스러워하는 표정을 지었다. 갑작스러운 지한의 권유에 동의할 수가 없었다. 무턱대고 자신의 생계를 끊으라는 것처럼 들렸기 때문이다.

"그러면 전 안 하겠어요. 제가 이 일을 그만두는 대신 저희 일 년 치 급여를 주시면 생각은 해볼게요."

지한은 나미의 말을 듣고 머리를 긁적였다. 돈을 주어야 하는 건지 고민 중이었다.

"알겠어. 그러면 지금 나가자."

그는 지갑에서 수표를 꺼내 나미에게 건넸다.

"고마워요."

나미는 수표를 보고 올라오는 미소를 감출 수 없었다.

나미는 바로 그 자리에서 일어나 술집 주인에게 다가갔다.

"사장님, 저 오늘부터 관둘게요."

사장의 표정이 순식간에 험악하게 바뀌었다.

"뭐? 갑자기 ? 그러면 다른 사람은 언제 구하라고?"

사장도 뜬금없이 통보하는 그녀에게 화가 날 수밖에 없었다.

"그러면 뭐 어떡해요? 이런 곳에서 일하면서 의리 찾는 거예요?"

나미는 오히려 적반하장으로 그에게 소리쳤다.

화가 난 사장이 주먹으로 식탁을 내리치며 그녀를 위협했다.

"이게 미쳤나?"

나미를 한 대 칠 기세로 사장은 손을 올리는 시늉을 했다.

"아니 그게 이 여자 사정이에요? 아저씨 사정이지?"

지한은 그런 사장에 맞서 언성을 높였다.

그의 큰 목소리에 사장도 적잖이 당황한 눈치였다.

"인생 그렇게 살지 마."

사장은 쓴소리하며 나미를 돌려보내며 포기하기로 했다.

"저 사장이 원래 한 성격해요."

나미는 가게를 나와 그동안 쌓였던 사장의 욕을 지한에게 말했다.

"근데 왜 여기서 계속 일한 거야?"

지한의 물음에 나미는 잠시 당황했다.

"여기를 꼭 와야 했으니까."

나미의 알 수 없는 말에 의아했지만 크게 신경 쓰지 않았다. 네온사인이 휘황찬란한 이 화려한 가부키초 거리에서는 돈을 쓰는 자가 갑의 위치이다. 그중에서도 얼마나 쓰느냐에 따라 위치가 달라졌다.

"이 근처에 옷 가게 갈래?"

지한은 나미의 옷차림새가 마음에 들지 않았다.

그는 나미에게 검은 하이힐 하나를 사주었다.

"이거 마음에 들어요."

"그래. 잘됐다."

나미가 좋아하는 모습에 지한도 뿌듯함을 느꼈다.

"이거 받아."

지한이 나미에게 준 것은 신용카드였다.

나미는 그의 큰 선물에 입꼬리를 절제할 수 없었다. 그녀는 자신이 일했던 곳을 벗어나 지한의 동거녀로 사는 것이 훨씬 더 값어치 있다는 것을 느꼈다.

I

다음날 지한은 정장으로 갈아입고 출근 준비를 했다. 정장은 그가 살면서 처음 입어본 복장이었다. 옆에 있는 나미는 아직 자고 있었다.

지한은 나미가 깨지 않게 조용히 집에서 나왔다. 그는 오랜만에 일찍 나와 출근했다. 지한은 고등학교 이후로 아침 공기를 처음 마셔보는 것 같았다.

고개를 둘러보니 술에 찌든 자신과 다르게 아침에 바쁘게 움직이는 이들이 정말 많다는 것을 느꼈다.

그렇게 그는 상쾌한 마음으로 회사 문을 열었다.

"이제야 정신 차린 거니? 어제 뭐라 한 보람이 있구나. 제 시간에 출근하는 걸 보니."

그의 아버지는 자신으로 인하여 아들이 변한 것이라고 믿었다.

지한은 회사에서도 하루 종일 나미 생각이 났다. 그래서 시도 때도 없이 입가에 미소가 띠었다.

"무슨 기분 좋은 일이라도 있는 거니?"

그의 아버지는 하루 사이에 표정이 밝아진 아들이 마냥 신기했다.

"그냥 열심히 살아보려고요."

지한은 퇴근 시간이 될 때까지 눈이 빠지게 기다렸다.

"퇴근하겠습니다."

6시가 되자 그는 사무실을 박차고 집으로 출발했다.

"나 왔어."

나미는 현관문이 열리자, 지한의 손에 쇼핑백이라도 들려 있는지 확인했다.

"이거 사 왔어."

지한은 백화점에 갔다가 나미의 선물을 사 왔다.

나미의 표정이 급기야 밝아져서 얼굴에는 화색이 돌았다.

"고마워. 나 이거 갖고 싶었는데 다음에도 사 와 줘."

지한은 기뻐하는 나미를 보고 덩달아 행복해졌다.

그는 나미를 향한 마음이 커졌다. 지한은 나미가 자신의 경제적인 조건만을 좋아한다는 사실을 알고 있었음에도 말이다.

"아 그리고 이거."

나미는 분홍색 편지 봉투를 지한에게 건넸다. 지한은 나미가 자신에게 써준 것으로 생각해서 마음이 들떴다.

“이게 뭐야? 네가 써준 거야?”

“아니. 아까 편지 와있던데?

나미는 고개를 저었다.

“늦었으니까 내일 아침에 읽어 봐야겠다.”

지한은 실망감이 들어서 편지에 대한 흥미가 떨어졌다. 발신자가 없는 편지에 대한 궁금증도 동시에 들었지만 피곤함에 지쳐 던져 놓고 잠자리에 들었다.

아침을 알리는 새소리가 들리자 지한은 자동적으로 일어났다. 지한은 정상적으로 출근한 지 하루밖에 되지 않아 몹시 피곤했다.

“아오 새 자식들 진짜.”

그는 눈을 찌푸리며 기지개를 쭉 켜고 화장실로 가 세수하기 시작했다.

그리고 옷을 주섬주섬 입고 일찍 출근 준비를 하던 중이었다. 나미는 옆에서 아직 잠을 자고 있었다.

“아 맞다. 편지.”

그때 어제 던져 놓았던 편지가 문뜩 생각이 들었다.

그는 그 편지를 주워 만지작거렸다.

“뭐지? 왜 아무것도 안 적혀 있는 거야?”

편지 봉투의 앞뒤를 확인해도 아무것도 적혀 있지 않았다.

그는 약간의 떨리는 마음으로 편지를 뜯어 확인했다.

그때 편지지 속에서 머리카락 뭉텅이도 같이 떨어졌다.

지한은 머리카락을 보고 흠칫 놀랐다.

“머리카락은 왜 보내는 거야. 징그럽게 진짜.”

그는 머리카락을 보고 온몸에 소름이 돋았다. 지한은 그 머리카락의 존재가 소름 끼치면서도 짜증이 나서 깊은 한숨을 쉬었다. 그리고 다시 마음을 가라앉히고 머리카락을 편지지에 넣고 편지를 꺼내어 천천히 읽기 시작했다.

안녕 난 니시메 유리야.

보고 싶었어.

너희들을 잊지 못해

절대로

앞으로 이 편지를 계속 보낼게.

마지막 편지에는 우리가 만날 장소가 쓰여있어.

그 편지는 아무한테도 보여 주지 말고 너 혼자 와.

만약 일을 크게 만들면 너도 불리해지는 거 알지?

증거는 차고 넘쳐

너의 증거를 없애 주고 용서를 해줄 마지막 기회야.

-규슈에서 보내는 유리가-

"이게 뭐야!"

지한은 놀라 소리를 질렀다.

지한의 소리에 나미는 잠에 깨 버렸다.

"무슨 일 있어?"

"아니. 아니야."

지한은 편지의 앞줄을 읽자마자 등골이 서늘해졌다. 그리고 나미가 이 편지를 볼까 봐 두려워 등 뒤로 편지를 숨겼다. 나미가 그것을 못 봤으리라 생각했다.

그는 편지를 안방에 가지고 들어갔다. 그리고 서랍 구석에 처박아 놓았다.

급하게 옷을 갈아입은 지한은 현관문으로 향했다.

"나 회사 좀 갔다 올게."

당황스러운 나머지 곧바로 회사에 출근했다.

그의 머릿속에는 잊힌 기억들이 계속해서 하나둘씩 생각나기 시작했다.

'저게 뭐야. 어떻게 죽은 애가 편지를 보내?'

지한은 머리가 혼란스러워지기 시작했다.

"말도 안 돼!"

지한은 복잡한 머릿속이 정리되지 않아 소리를 지르며 책상을 확 치며 일어났다.

"아니야. 이건 장난 편지일 거야."

지한은 이것이 누군가의 장난이라고 계속해서 스스로 세뇌시켰다. 하지만 그럴수록 더욱더 불길하고 불안해지기 시작했다.

한편 나미는 지한이 출근한 것을 확인하고 곧바로 안방으로 갔다. 그리고 지한이 읽고 놀랐던 편지가 궁금해져서 부리나케 찾기 시작했다.

"앤 어디에다 둔 거야?"

나미는 방안을 계속해서 뒤졌다. 한참 찾다가 서랍 구석에 있는 분홍 편지 봉투를 발견했다.

"왜 이렇게 처박아 둔 거지?"

나미는 지한이 숨기던 편지를 꺼내 읽어 보기 시작했다. 그녀는 읽자마자 너무 놀라 편지를 떨어뜨렸다.

"니시메 유리라고?"

무슨 일인지 나미 또한 니시메 유리라는 이름을 보고 믿을 수 없는지 편지를 계속해서 다시 읽었다.

"말도 안 돼. 어떻게 이런 편지가 온 거지?"

나미는 숨이 가빠지기 시작했다. 편지를 읽고 충격을 받은 나미는 가만히 소파에 앉아 멍 때리기 시작했다

지한은 퇴근 시간이 다가왔지만 집에 가지 않았다.

시간이 훌쩍 지나 시계는 밤 9시를 가리켰다. 그는 처음으로 퇴근 시간이 지난 시간에 집을 갈 수밖에 없었다. 자신의 집 주소를 누군가 아는 것이 불안해서였다. 그 편지 때문인지 그는 운전에 집중할 수 없었다. 이러다가 사고라도 날 것 같아서 갓길에 차를 세우고 심호흡을 하기 시작했다.

"이게 도대체 무슨 일이야? 죽지 않았던 거야? 난 완벽하다고 생각했는데 왜!"

그는 분노를 이기지 못하고 운전대를 쾅쾅 치기 시작했다.

마땅히 대처할 방법이 떠오르지 않았다. 그렇게 그는 온갖 생각을 안은 채 운전대를 다시 잡고 집을 향했다.

"나 왔어."

웬일인지 나미는 지한의 퇴근에도 반기지 않았다. 지한 또한 혼이 나가 있는 모습이었다.

"나 피곤하니까 먼저 잘게."

지한은 방에 들어가자마자 서랍에 있던 편지를 꺼내어 도로 가방에 집어넣었다. 편지를 완전히 숨기기 위함이었다.

그는 한숨도 제대로 자지 못해서 밤새 뒤척였다.

나미 또한 무슨 일인지 새벽인데도 잠을 이루지 못했다.

"나 할 말 있어."

그때 지한이 나미에게 말을 걸었다.

"말해봐."

나미는 그의 쪽으로 고개를 돌리지 않고 대답했다.

"내가 나쁜 짓을 저지른 적이 있는데 그 사람이 복수하려는 것 같아."

지한의 목소리는 떨렸다.

"복수라고?"

나미는 알 수 없는 표정을 지었다.

"복수가 아니라 죗값을 받는 건가?"

지한의 목소리는 너무 떨려 듣는 이도 불안해질 정도였다. 그는 마치 공포에 질린 듯하게 눈을 떨었다.

"뭐 얼마나 나쁜 짓을 했길래. 사람을 죽이기라도 했나?"

나미는 그를 추궁할 듯이 물었다. 지한은 정곡이라도 찌른 듯 당황했다.

"어… 아니다. 나 그냥 다시 잘게."

그는 자신의 비밀을 미처 나미에게 입을 떼지 못했다.

그는 자다 깼는지를 반복하다가 결국 새벽 4시에 집을 나섰다.

그는 혹시나 하는 마음으로 새벽에도 또 다른 편지가 왔는지 확인하고 싶었다.

불안한 그의 예상대로 우편함에는 그저께와 같은 색의 편지가 와있었다.

"돌겠네. 진짜."

그는 머리를 스스로 쥐어박았다. 그리고 새로운 편지를 주머니에 구겨서 집어넣었다.

도무지 새로 온 편지를 읽을 자신이 없었다.

곧바로 그는 회사로 가지 않고 인근 경찰서에 들어갔다.

"어떤 일로 오셨나요?"

경찰복을 입은 여자 경찰이 그를 맞이했다.

지한의 눈에 초점이 없자 경찰은 재차 물었다.

"선생님 어디 편찮으신가요?"

"이… 이거 그저께 온 편지인데 모르는 사람 아닌 영혼이 보낸 편지예요. 진짜 무서워 죽겠는데 이거 보낸 자식 좀 찾아주세요."

경찰은 손을 바들바들 떠는 지한을 진정시키기 시작했다.

"선생님 일단 진정하시고 여기 앉아보세요."

지한의 눈동자 초점이 흔들리는 것이 보였다.

"선생님 괜찮으세요?"

경찰의 가벼운 말도 지한은 두려움이 뒤덮여 집중할 수가 없었다.

"흠… 일단 이 편지를 보낸 사람이 궁금하다는 거죠?"

"네"

"편지 저에게 주실래요?"

"여기 있습니다."

떨리는 손으로 경찰에게 편지를 건넸다.

경찰은 지한의 모습이 몹시 불안정해 보이자, 그의 팔을 확인하고 싶어졌다.

"선생님 죄송한데 팔 좀 걷어주실래요?"

"네?"

지한은 당황했지만, 경찰의 말에 따라 팔을 걷어 보여줬다.

"흠… 주사기 흔적은 없네."

"저는 마약 같은 건 하지 않고, 제정신이에요. 다만 이 편지를 보낸 사람이 누군지만 찾고 싶을 뿐이에요."

경찰은 편지를 펼쳐 읽기 시작했다.

"니시메 유리라는 사람이 누군지 아세요?"

"그… 그건 죄송해요."

그는 미처 입을 떼지 못했다.

경찰이 몇 번이고 다시 물어도 그는 아무 말 하지 않았다.

어떤 대답도 하지 않는 그를 보고 경찰은 일단 돌려보내는 것이 맞다고 생각이 들었다.

"진정되시면 나중에 다시 오세요. 편지는 저희가 보관하겠습니다. 여기에 전화번호 좀 적고 가주세요."

경찰서에 나온 그는 허겁지겁 사람들이 안 보이는 골목길로 뛰어갔다.

그리고 다시 아까 주머니에 넣어놨던 두 번째 편지를 꺼냈다. 편지를 읽으면서 지한의 표정은 점점 더 굳어졌다.

"말도 안 돼. 도대체 누구야 너!"

지한은 모든 것이 두렵고 무서워져 손으로 얼굴을 감쌌다. 그리고 곧바로 그는 정신을 차렸다.

"일단 집에 가서 여권부터 챙겨야지."

그는 헐레벌떡 집으로 뛰어갔다.

"왜 그렇게 일찍 왔어?"

일찍 들어온 지한에게 나미가 물었다.

"나 잠깐 어디 좀 가봐야겠어."

"어딘데?"

지한은 횡설수설하며 정신없어 보였다.

"무슨 일이라도 있는 거야?"

나미는 아무렇지 않은 척 그에게 물었다.

"아… 아니. 규슈에 가봐야 해. 일단 언젠간 돌아올 거야."

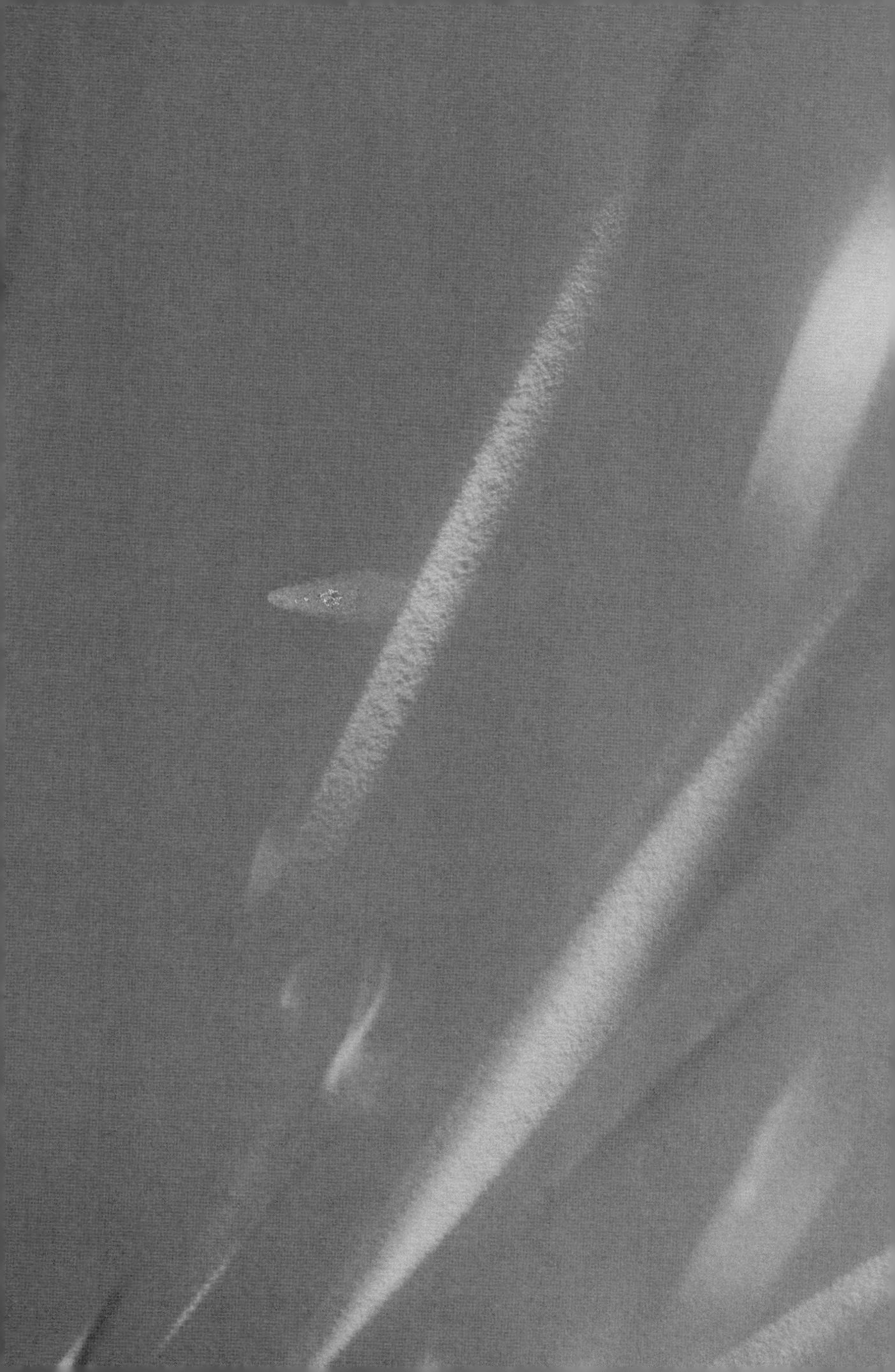

PART 7

첫 번째 실종자

"안녕히 계세요."

미애는 학원 원장님과 강사들에게 퇴근 인사를 건넸다.

미애는 일본에서 돌아온 지 5년밖에 되지 않았다,

그녀의 아버지는 일본의 철도회사에서 근무했던 한국인이었다. 5년 전 부친상을 당하고 나서 그녀의 엄마와 함께 한국으로 귀국했다. 일본에서는 한국어 강사로 일을 했으며 현재는 한국에서 일본어 강사로 일하고 있다.

미애는 선한 인상인 데다가 항상 밝게 웃고 있어서 일본어 학원 아이들과 선생님들과의 신뢰가 깊다.

저녁이 돼서 겨우 퇴근한 미애는 오늘도 이상한 촉이 들었다. 그냥 요 며칠 새 누군가가 자신을 따라오는 듯한 기분이 들었기 때문이다.

"내 착각인가?"

미애는 뒤를 휙 돌아보았다. 자신의 의심과 다르게 아무도 없었다.

"내일부터는 차 끌고 다녀야겠다."

요 며칠 새에 피곤해서 예민해진 것이라고 혼자 생각했다.

집에 들어와서 미애는 오랜만에 욕조에 들어가 피곤을 풀었다. 입욕제를 풀고 반신욕을 하는 것이 미애가 퇴근 후 가장 힐링 되는 시간이었다. 그렇게 즐겁게 지내고 있던 그때 누군가가 초인종을 눌렀다.

"누가 올 리는 없는데."

미애는 가운을 걸치고 현관문을 열었다.

"뭐야. 왜 아무도 없어?"

복도는 어둡기만 했다. 아무리 둘러봐도 아무도 없었다.

"누가 장난이야?"

그녀는 짜증이 나 문을 쾅 닫았다.

다시 미애는 욕조에 들어가 자신만의 시간을 보냈다. 그리고 스피커로 좋아하는 노래인 힙합 장르를 틀었다. 노래가 끝나갈 때쯤 또다시 초인종이 울렸다.

"아 또 누구야?"

미애는 누군가가 자신만의 시간을 방해하는 것 같아서 기분이 언짢아져 한숨을 푹 내쉬었다. 그녀는 가운을 다시 입고 팔짱을 끼며 문을 열었다.

문 앞에는 어떤 남자가 서 있었다.

"누구세요?"

미애는 날이 선 말투로 물었다.

자세히 보니 우체국 복장을 하고 있었다. 아마도 우편 배달원 같아 보였다.

"우체국 편지 한 장 왔습니다."

우체국 배달원은 미애에게 편지 하나를 건넸다.

분홍색 편지였다.

"왜 편지가 온 거지."

그녀는 자신에게 우편을 보낼 만한 사람이 없기 때문에 의아해했다. 조금 꺼림칙한 것도 사실이었다.

미애는 현관문을 닫고 소파에 누워 편지를 뜯었다.

규슈 한인 학교 동창회에 당신을 초대합니다.

네가 와서 꼭 즐거운 시간을 보냈으면 좋겠다.

13일 자정까지 규슈 한인 학교 옆 컨테이너로 와.

미애에게 온 것은 동창회 초대장이었다. 단 석 줄만 적혀 있었다.

"동창회라고?"

미애는 의미심장한 표정으로 초대장에 무언가가 더 쓰여 있는지 계속 다시 읽어봤다.

"누가 보냈는지도 안 알려 주고 참."

그녀는 동창회에 갈 마음도 없었다. 그래서 초대장을 곧바로 휴지통으로 던졌다.

"그런데 내 주소는 어떻게 안 거지?"

갑자기 미애는 초대장의 이상한 낌새를 느꼈다. 뭔가 찝찝한 느낌이 들자, 그녀는 요 며칠 새에 느꼈던 예민함이 현실처럼 다가왔다.

"경찰서에 신고해야 하나…. 근데 딱히 피해 본 것도 없는데.”

겁이 난 미애는 현관문으로 가서 문고리를 걸었다.

“이렇게라도 해야 편히 잠들지.”

다음 날 아침이 되자 미애는 출근 준비로 자연스레 어젯밤 일이 신경 쓰이지 않았다.

집에 나서던 그때 차 키를 깜빡한 것이 생각났다.

“나 참 오늘부터 차 끌고 가기로 했지.”

평소에는 대중교통으로 출근하기 때문에 오랜만에 운전하는 날이었다.

주차장으로 간 미애는 자신의 차를 찾았다. 차에 타서 시동을 걸려던 그때 차가 끼익하며 이상한 소리를 냈다.

“왜 이러는 거야?”

계속해서 시동을 걸었지만 차는 시동이 걸리지 않았다. 미애는 본능적으로 시계를 확인했다.

“아휴, 참 늦겠네.”

마음이 급해진 미애는 출근 시간이 다가오자, 차에서 내렸다.

“너무 안 써서 그런 건가. 오늘은 버스 타고 가야겠네.”

미애는 급하게 뛰어 버스정류장으로 향했다.

겨우 버스에 올라탄 그녀는 다시 한번 시계를 보았다.

"휴 다행이다. 제시간에는 가겠는걸."

시계를 보니 다행히 지각하지 않을 것 같아 안도했다.

"안녕하세요."

학원에 겨우 도착한 미애는 기운이 쭉 빠진 채로 동료 강사들에게 인사했다.

"오늘 되게 기운 없어 보인다. 미애 씨 무슨 일 있는 거지?"

"아니 글쎄 제가 오랜만에 차를 운전하려고 했더니 시동이 안 걸리는 거예요."

미애는 어젯밤 일과 아까 일들을 흥분해져 가며 말했다.

"그래? 혹시 모르니까 차 검사라도 받아봐. 좀 수상한데. 막 스토커라도 걸린 거 아니야?"

동료 강사의 말에 미애도 갑자기 불안한 기분이 들었다.

"그럴까요? 오늘 퇴근하고 바로 정비사 불러야겠네요."

미애는 학원에서도 아까 일 때문에 신경이 쓰여서 집중하지 못했다.

미애는 불안해서 계속 시계만을 바라봤다. 퇴근 시간이

될 때까지 기다리는 것이었다.

"저 원장님, 오늘은 이만 가봐도 될까요?"

"그래. 오늘 너무 불안해 보여, 내일 주말이니까 월요일에 보자."

미애는 학원을 나와서 바로 보이는 버스에 올라탔다.

오늘은 운 좋게도 바로 버스가 도착했다.

버스에서 그녀는 바로 정비사에게 전화를 걸었다.

"지금 제가 집에 가는 중인데 주차장으로 오시면 될 것 같아요. 아예 시동이 안 걸려서요."

정비사는 그녀의 말에 알겠다고 하며 끊었다. 버스에서 내린 미애는 주차장으로 향했다. 이미 파란색 옷을 입은 정비사가 와 있었다.

"제 차가 시동이 안 걸려서요."

"가만 보자…."

정비사는 차 열쇠를 건네받고 미애의 차를 유심히 살펴보기 시작했다. 정비사는 이해가 안 간다는 표정으로 고개를 갸우뚱거렸다.

"왜요? 무슨 문제 있나요?"

미애가 걱정스러운 눈빛으로 물었다.

"차 엔진이 고장 났는데 의도적으로 훼손된 것 같아서요."

"네?"

미애는 정비사의 말에 미궁 속으로 빠지는 기분이 들었다. 도대체 자신에게 누가 이런 짓을 한 것인지 알 수가 없기 때문이다.

"일단 다 고쳤어요. 한번 경찰에게 신고라도 해보세요."

정비사의 말에 미애는 정신이 번쩍 들었다. 누군가가 고의로 그런 것이라는 확신이 들었다.

"내가 예민한 게 아니었어. 진짜로 누가 나를 괴롭히는 거였어."

그녀는 곧바로 경찰서에 전화를 걸었다. 경찰이 무슨 일인지 물어보자, 미애는 본인에게 일어난 꺼림칙한 일들을 털어놓았다. 한 10분쯤 지났을 때 두 명의 경찰이 그녀에게 다가왔다.

"신고하신 박미애 씨 맞으세요?"

"네. 맞아요."

경찰은 미애의 신원을 파악하고 그녀와 함께 관리사무소

로 들어갔다.

"여기 CCTV 좀 확인할 수 있을까요?"

경찰이 경비원으로 보이는 남자에게 물었다. 경비원은 의자에서 일어나 경찰에게 다가왔다.

"여기 CCTV 없어요."

"네? 없다니요?"

미애는 어이없다는 말투로 재차 물었다.

"여기 빌라잖아요. 없어요."

경비원은 귀찮다는 표정으로 다시 자리에 가서 앉았다.

"그러면 제 차에 장난친 사람은 어떻게 찾아요?"

미애는 경찰 쪽으로 고개를 돌렸다. 경찰들도 당황한 표정이었다.

"무슨 일 생기시면 이 번호로 전화 주세요."

경찰들도 어쩔 수 없다는 말투로 번호가 적힌 쪽지만 건넸다. 경찰들은 미애를 집까지 바래다줄 뿐 어떤 것도 해줄 수가 없었다. 경찰들이 떠나고 미애는 두려움만 커졌다.

이것이 자신을 아는 누군가의 장난 소행이라고 생각했다.

그리고 그때 누군가가 떠올랐다.

며칠 전 자신에게 sns로 연락이 온 동창 김지현이었다.

“이 정신 나간 애가 자기 차단 좀 했다고 이런 식으로 복수하는 거야?”

미애는 곧바로 김지현의 sns을 다시 차단을 풀고 그녀에게 전화를 걸었다.

지현이 전화를 받지 않자, 미애는 받을 때까지 계속 전화를 걸었다. 통화음이 연결되자마자 그녀는 무작정 언성을 높여 소리 지르기 시작했다.

“야 너 아직도 이런 짓 해? 온갖 더러운 일 하길래 무시 했더만 그게 화가 난 거야?”

“얘 아주 정신 나갔네. 무슨 소리인지 설명을 해줘야 알지.”

다짜고짜 화내는 미애의 전화에 지현도 당황스럽긴 마찬가지였다.

“네가 한 거잖아. 갑자기 연락이 온 것도 이상했고.”

“뭘 내가 했다는 거야?”

“편지인지 초대장 네가 보낸 거 아니야?”

미애는 따지듯 지현에게 물었다.

“뭔 소리야 얜. 16년 만에 건 전화가 고작 이거야? 나 지금 바쁘거든? 앞으로는 연락하지 마라."

미애의 언성 높은 소리에 지현은 어이없다는 듯한 말투로 대꾸하고 전화를 끊었다.

"야! 야!"

지현은 통화가 끊긴 줄도 모른 채 전화기를 붙들고 허공에 소리 질렀다.

"도대체 누구 짓이야."

그녀는 자신에게 다가오는 불안함과 불길함을 지우고 싶었다.

미애는 어제 왔던 초대장이 너무 의미심장했다.

다시 버렸던 초대장을 휴지통에서 꺼냈다.

"혹시 모르니까 보관해 놓아야겠다…."

빌라의 경비가 허술하다고 느낀 미애는 수화기를 들어 경비실에 전화를 걸었다.

"아저씨 요새 빌라에 외부인이 계속 들어오는 것 같아요. 확인 좀 부탁드릴게요."

"아휴, 알겠어요."

아까 그 경비원이었다. 경비원은 귀찮다는 듯이 마지못해 대답했다.

미애는 누군가가 자신의 위치와 모든 것을 알고 있다는 게 굉장히 꺼림칙했다.

"도대체 누구야 진짜."

미애는 공포에 떨어 잠을 잘 수가 없어서 새벽 4시까지 눈을 뜨다가 겨우 지쳐 잠에 들어 버렸다.

하지만 꿈에서도 그녀는 괴로울 수밖에 없었다.

방안에는 미애의 비명으로 꽉 채웠다.

그녀는 누군가에 의해 목이 졸리는 악몽에 잠에 깨 버렸다. 악몽의 공포로 인해 미애의 온몸은 식은땀으로 젖었다. 정신을 차려서 창밖을 보니 낮이었다.

"띠링"

그때 갑자기 그녀의 핸드폰에서 전화벨이 울리자 깜짝 놀라고 말았다. 정신없는 상태로 전화를 확인했다.

전화를 건 사람이 다름 아닌 자신의 엄마라는 것을 확인하자 마음이 한편 놓였다.

"여보세요."

"응 미애야, 요새 연락이 없어서 잘 지내나 싶어서."

"어… 나 잘 지내. 근데 나 며칠 동안 연락이 안 될 수 있으니까 걱정하지 말고."

"왜 연락이 안 돼?"

그녀의 엄마는 딸이 갑자기 연락이 안 될 수 있다고 하자 걱정되기 시작했다.

"그 동창회 하느라 일본 갈 수도 있거든? 그래서 그래."

미애는 엄마를 안심시키고 전화를 끊었다.

"이제 어떡하지."

그녀는 한참 동안 고민에 빠졌다.

"그래 침착하자. 누가 장난으로 그런 거야. 그럴 수밖에 없잖아. 상황이."

미애는 스스로를 위로하자 마음이 놓였다.

그렇게 그녀는 초대장과 자동차 사건을 잊기로 결심했다. 하지만 마음속에 불안은 지울 수 없었다.

"하 진짜. 내 집 주소를 안다는 것도 불안하고."

그녀는 혼란스럽고 두려움에 혼잣말하기 시작했다.

그렇게 시간은 계속 흘러서 시계가 저녁 8시를 가리켰다.

"띠링"

갑자기 벨소리가 다시 울리자 미애는 놀라서 급기야 짜증이 났다.

"아이 깜짝아, 이 시간에 누가 전화를 하는 거야."

전화를 건 것은 또다시 그녀의 엄마였다.

"엄마는 왜 또 전화야."

그녀는 인상을 쓰며 핸드폰을 받았다.

"엄마 아까 전화했는데 왜. 또."

"아니 아까 너무 목소리가 떨리길래 무슨 일인가 해서. 갑자기 또 걱정되니까 그러지."

"아니야 엄마 이제 걱정 안 해도 돼. 나 그리고 동창회 안 갈 수도 있으니까 불안해하지 말고."

"아까 연락이 안 될 수도 있다고 그러니 걱정돼서…."

"아니야 걱정하지 마."

미애는 엄마를 안정시켰다.

"그래. 무슨 일 생기면 엄마한테 꼭 연락하고."

"응 알았어."

그녀의 아버지가 돌아가시고 나서부터 그녀의 엄마는 딸에 대한 걱정과 불안이 커지게 되었다.

미애는 그런 엄마의 걱정이 짜증이 났지만, 한편으로는 마음을 이해할 수 있었다.

"안 그래도 심란해 죽겠는데…."

미애는 아직은 심란한 마음이 있었지만 여러 일들에 대한 불안이 어제에 비해 많이 잠잠해졌다.

"다음 주 수업 준비나 해야겠다."

그녀는 침대에 누워 수업 준비를 위해 노트북을 켰다. 그리고 창문을 계속 바라봤다. 혹시나 우편 배달원이 오는지 궁금해했기 때문이었다.

"다행이다. 오늘은 편지가 안 오나 보네. 그치 장난 편지일 거야."

미애는 한숨을 푹 쉬며 아까 계속 뜯었던 손가락을 바라보았다. 하도 물어뜯어서 손가락이 빨개졌다.

"아까 너무 불안했나 보네. 손가락이 부었어."

그녀는 밴드를 꺼내 손가락에 붙였다.

"하 이제 진짜 내 본업이나 해야겠다."

미애는 걱정을 품은 채 수업 준비를 하기로 결심했다.

"와 벌써 10시야"

그녀는 하품을 한 채로 시계를 보았다. 일에 열중하다 보니 시간이 훌쩍 지나 10시가 되어버렸다.

너무 열중한 나머지 목이 말라진 미애는 부엌에 가서 물을 꺼내 벌컥벌컥 마셨다.

그때 노트북에서 알람 소리가 났다.

“응? 갑자기?”

노트북에 메일 알람이 울리자, 미애는 당황스러워졌고 불길한 마음을 지우지 못했다.

“뭐야 갑자기….”

미애는 메일함을 열까 말까 끊임없이 고민했다. 그러다가 떨리는 손을 붙잡고 클릭하였다.

“이게 뭐야?”

메일에는 아무 내용이 적혀 있지 않았다.

그리고 그녀는 발신자를 확인하자 두 눈을 의심했다.

“여정훈…?”

미애는 지난 사건들이 주마등처럼 스쳐 지나갔다. 미애는 너무 놀라 비명을 지르고 말았다.

“아니야. 이건 아니야!”

미애는 너무 무서워져 노트북을 내동댕이쳤다. 노트북은 산산조각이 났지만, 미애는 그것을 신경 쓸 겨를이 없었다.

곧바로 그녀는 핸드폰을 켜서 엄마에게 전화를 걸었다.

"엄마 나 일본으로 가야 해. 3일 정도만 기다려줘."

"응? 동창회?"

"어. 근데 이상한 메일이…. 나 어떡해…. "

"미애야 너 목소리가 왜 그래?"

미애는 정신없이 전화를 바로 뚝 끊었다.

PART 8

방랑자들의 첫바퀴

전화를 끊자마자 지현은 기분이 상해 입이 대쪽과 같이 튀어나왔다.

"얘는 왜 나한테 성질이야."

갑작스러운 미애의 전화를 받은 지현은 짜증이 나 핸드폰을 침대 위로 던졌다.

"도대체 내가 뭘 했다는 거야. 알 수 있게나 말하지."

지현은 툴툴거리며 마저 할 일을 하려고 했다. 그녀는 아까 오후에 형준의 문자를 받고 나서 형준의 집으로 이사 갈 짐을 싸던 중이었다.

그때 현관문이 열리는 소리가 들렸다.

"언니 나 왔어."

동생 지아가 회사에서 퇴근하고 돌아온 것이었다.

"어디 가게? 짐 싸는 거야?"

"응. 나 나가서 살 거야."

"어디를? 갑자기? 나랑 싸워서 그런 거야?"

지아는 두 달 전 언니와 심하게 다툰 이후로 사이가 서먹해졌다고 느꼈다. 그래서 그런 자기가 불편해서 나가는 것인가라는 생각했다.

"아니야. 나 좋아하는 사람 생겼어. 그 사람 집에 갈 것 같아."

"뭐? 얼마나 봤다고."

지아는 충동적으로 행동하는 언니를 말리고 싶어 했다.

"같은 학교 동창이었으니까 걱정하지 마. 나중에 연락할게."

"그 저번에 말했던 최형준인가 하는 남자?"

지아는 며칠 전 지현이 흘러가며 언급했던 남자의 이름이 기억에 스쳤다.

"응. 맞아."

"언제 갈려고? 짐 다 싸고 다음 주쯤에."

지아는 곧 떠난다는 언니의 소식에 마음이 좋지 않았다.

그녀는 언니에 대해 너무 큰 걱정이 들기도 했지만, 한편으로는 언니의 삶에 간섭할 이유도 없다고 생각했다.

"알겠어. 언니. 그래도 꾸준히 연락해 줘."

"그래. 내 걱정은 하지 마."

1

시계가 밤 9시를 가리켰을 때 형준의 집에 초인종이 울렸다.

"문 열어, 나야."

초인종의 주인공은 지현이었다.

형준이 후미토에게 돈을 받았다는 문자를 보고 나서 지현이 짐을 싸고 그다음 주에 이사를 온 것이다. 형준이 문을 열어주자, 그녀는 많은 짐들을 들고 방으로 들어왔다.

"들어와."

형준은 지현이 들고 있는 짐들을 거실로 옮겼다. 지현은 형준의 원룸을 둘러보았다.

"그래도 생각보다 깨끗하네?"

지현은 그의 방이 생각했던 것보다 깨끗해서 의외라고 생각했다.

"아, 이거 그저께 너 생각나서 산 거."

"이게 뭔데?"

지현은 형준이 건넨 선물이 나름 기대되었다. 쇼핑백은 그녀가 원하는 브랜드였기 때문이었다.

"와 나 이거 진짜 갖고 싶었는데. 우리 진짜 후미토 덕분에 웬 횡재냐."

지현은 자신이 원하는 가방이라서 상당히 만족스러워했다. 형준은 냉장고에서 맥주 두 캔을 꺼내서 하나는 지현에게 건네주었다.

"그 자식 완전히 쫄았어. 나중에 또 돈 필요할 때 그 얘기 꺼내서 돈이나 뽑아내자."

형준은 맥주 캔을 따면서 흘러나오는 거품을 입으로 빨아들였다. 들뜬 형준과 다르게 지현이 깊은 생각에 빠진 듯해 보였다.

“왜 표정이 그래?”

형준은 지현의 심오한 표정에 당황스러웠다.

“아니…. 그 여자애 언급하니까 자꾸 신경 쓰여서. 계속 언급하는 것도 좀 그렇고 최근에 박미애가 전화가 온 것도 신경 쓰이고….”

지현은 며칠 전 미애의 연락이 문뜩 생각이 났다. 그것이 자신이 알려지기 두려워하는 일과 연결이 돼 있을 거라는 불안감이 들었다.

“박미애? 걔가 갑자기 왜? 네가 sns로 연락해서 그런가?”

“아니 그런 건 아니고 갑자기 나한테 다짜고짜 화내길래 혹시나 니시메 유리 관련 일인가 싶어서….”

지현은 불안했는지 담배를 꺼내 입에 물었다.

“내가 왜 니시메 유리가 생각난 줄 알아?”

형준은 무언가를 말하려고 지현 쪽으로 고개를 돌렸다.

“뭔데?”

지현은 형준을 바라보며 맥주를 홀짝홀짝 마셨다.

“나 니시메 유리 동생 만났어.”

“뭐?”

지현은 깜짝 놀라 맥주 캔을 떨어뜨렸다. 맥주는 쏟아져서 바닥에 줄줄 흘렀다,

"이걸로 닦아."

형준은 아무렇지 않게 그녀에게 행주를 건넸다.

지현은 깜짝 놀라며 멍하니 형준을 바라보았다,

"걔가 동생이 있었어?"

"응. 이부형제이었더라. 이름은 하야마 유리카. 아주 돈독 오른 년이야. 그냥 복수하려고 접근한 것 같아."

지현은 형준의 말이 이해되지 않았다.

"아니 처음부터 설명해 봐. 아니 그 동생은 어떻게 만난 건데?"

"그냥 몇 달 전에 잠깐 같이 살던 앤데 걔가 의도적으로 접근한 것 같은데, 뭐 별걱정은 안 해도 될 것 같아."

"아니 동생이 접근했다는 건 뭔가 안다는 거 아니야? 왜 미리 얘기 안 했던 거야? 어?"

지현이 안절부절못하자 별거 아니라고 생각하는 형준은 머리를 긁적였다.

"어차피 걔는 증거도 없었어. 그냥 걔 하나 때문에 내가 쫄

딱 망할 뻔했었어.”

지현은 무슨 말인지 이해가 전혀 가지 않았다.

“무슨 상황인지 이해가 하나도 안가. 갑자기 쫄딱 망할 뻔했다는 건 뭐야?”

“뭔가 이상해서 뒷조사해 보니까 니시메 유리 여동생이었어.”

“뭐라고? 아니 어떻게 그런 일이 생길 수가 있는 거지? 그래서 뭐래?”

지현은 그에게서 새로운 이야기를 계속 듣게 되자, 궁금함을 참을 수 없었다.

“그래서 나가라고 소리 질렀더니 하루만 기다리라고 하더라? 그러더니 다음날 애가 감쪽같이 내 돈 훔쳐서 사라졌어. 그때 금고 번호를 알려주는 게 아니었는데”

형준은 그때의 일이 생각나 탁자를 쾅 내리쳤다.

“나 불안해서 미치겠네. 동생이 접근했다는 게 너무 무서워.”

지현은 머릿속에 온갖 최악의 상황들이 떠오르기 시작했다. 불안감을 지우려고 계속해서 담배를 태웠다.

"그거 우리가 죽인 거 아니잖아. 살인자는 우리가 아니잖아. 우린 아무것도 안 했잖아. 뭘 불안해해?"

형준은 지현을 바라보며 묘한 미소를 지었다.

"그렇지, 살인자는 우리가 아무튼 아니지."

지현은 고개를 끄덕이며 대답했다.

"근데 편지라는 건 도대체 뭘까?"

형준이 안주를 씹으며 지현에게 물었다.

"그니까 박미애가 그걸로 연락이 왔더라고."

"후미토도 나한테 계속 나보고 편지 보냈냐고 그러던데. 누가 보냈는지 알아야 대답하지. 나 원 참."

"후미토한테도 왔다고?"

지현은 너무 놀라 눈을 크게 부릅떴다.

"응. 근데 너무 걱정하지 마. 어차피 우리는 곧 일본 뜰 거잖아."

"우리가 잘 도망갈 수 있을까."

그녀는 불안했는지 입술을 꽉 깨물었다. 밤새 계속되는 불안감을 지울 수 없어서 불안한 만큼 지현의 담배꽁초는 늘어만 갔다.

그런 그녀와 다르게 형준은 아무 걱정 없이 옆에서 잘 자고 있었다.

“애는 걱정이 안 되는 건가….”

지현은 그렇게 심란함을 안고 겨우 잠에 들었다.

창문 밖에는 벌써 햇살이 들어왔다.

아침이 밝자 지현은 일어났지만, 허전한 기분이 들었다. 집에는 형준이 없었다.

“최형준? 최형준!”

놀란 그녀는 그를 계속 불렀지만 집에서는 그의 대답이 들리지 않았다.

“뭐야, 나 버리고 간 건가?”

지현은 불길한 생각이 들어 그에게 전화를 걸었다.

세 번째 전화를 걸었을 때 그제야 형준의 전화가 연결되었다.

“너 어디 간 거야?”

지현은 형준의 전화가 연결이 되고 그제야 안심했다.

“아니 그 내 돈 떼먹은 애 찾아가려고 했지.”

“아. 그 유리카인가 뭔가 하는 동생? 뭐 하러 가. 그냥 줘

값 치렀다고 생각해."

지현은 형준의 막무가내 행동이 걱정되었다.

"아무리 생각해도 돈은 받아내야 할 것 같아서. 그 돈 말고도 내가 많이 줬단 말이야. 사람을 어찌나 잘 구워삶던지."

통화 속의 그는 목소리가 매우 흥분해 있는 상태였다.

"알았어. 근데 조심해."

지현은 걱정이 되었지만, 형준이 알아서 잘할 거라고 믿었다.

한편 형준은 수소문 끝에 하야마 유리카가 일하는 술집을 알아냈다.

가부키초에 있는 골목길에서 10분쯤 걸었더니 그가 찾던 술집 간판을 발견했다. 술집 내부는 어두우면서도 조명이 은은한 술집이었다.

"사장님. 계세요?"

형준은 들어가자마자 사장님부터 찾았다. 자신을 부르는 소리를 듣자, 인상이 험악한 남자가 형준에게 다가왔다. 그가 사장이었다.

"네. 누구시죠?"

사장은 형준이 손님으로 온 것 같지 않았다는 것을 직감적으로 느꼈다.

"여기 하야마 유리카라는 여자 있나요? 제 돈 떼먹어서 찾으러 왔거든요."

"걔 말하는 건가?"

사장은 곰곰이 누군가를 머릿속에 떠올렸다.

"그 있잖아요, 눈 크고 얼굴 작고 키 작은. 좀 예쁘장하고. 말투도 엄청 까칠하고."

형준은 답답한 나머지 유리카의 외모를 묘사했다.

"아 맞아 걔구나. 본명이 유리카라고 들었어요. 아주 무서운 애였네. 온 지 한 달도 안 되었는데 남자 구해서 통보하고 나갔더라고요."

"그만뒀다고요?"

형준은 유리카가 여기에 없다는 것을 알게 되자, 헛수고했다는 생각에 실망감이 들었다.

"네. 아예 당일 통보로요. 그 여자 원래부터 사기꾼 기질이 있었나 보네. 여기 들어오기 전에 저보고 자주 오는 한국인 손님 이름을 대면서 여기 단골이냐면서 물었거든요."

사장은 유리카의 생각에 분이 나 홍분해져 가며 말하기 시작했다.

"아 그래요? 어쩐지 돈 떼먹는 거부터 수상하더라. 나에게 의도적으로 접근한 거였어."

형준은 사장의 말을 듣고 의도적으로 접근했다는 것을 확신했다. 그랬기에 그는 유리카에 대한 분노를 감출 수 없었다.

"어디로 갔는지 아세요? 걔 꼭 찾아야 하거든요."

"모르겠네요. 근데 걔 데려간 그 손님이 되게 부자셨어요. 미나토구에 산다고 들었거든요."

"그래요?"

그는 유리카가 사는 지역을 알아내자, 마음 한편이 놓였다. 그는 유리카를 데려간 한국인의 존재가 신경이 쓰이기 시작했다. 그 한국인 남자에게도 자신과 같은 일로 접근했는지 궁금해졌다.

"그 한국인 남자 부자라고 하셨잖아요, 혹시 윤씨로 시작되는 남자 맞나요?"

사장은 그의 말에 놀라면서 어떻게 알았냐는 표정을 지

었다.

"맞아요. 그 남자. 이름은 정확히 기억 안 나는데 윤지한인가 그랬을 거예요. 하도 단골이었어서. 그 여자애 얼굴 보고 그 남자가 그렇게 좋아했었던 건 기억이 나요."

"하. 그렇군요."

형준은 머릿속에서 큰 실마리가 풀리는 기분이었다.

"그런 사기꾼일 줄 알았으면 안 뽑는 거였는데. 얼굴 반반해서 그냥 일 시켰던 거구먼."

사장은 유리카에게 배신당했다고 생각했다. 그는 계속 유리카의 욕을 하며 중얼거렸다.

"아무튼 여기 없다는 거네요. 그만 가볼게요."

형준은 실망한 표정을 안고 가게 문을 열었다. 유리카를 당장 찾아내지 못해 아무 소득 없이 간다는 것이 기운이 빠져버렸다. 거리에 나와 그는 있는 힘껏 소리를 질렀다. 그래도 분이 풀리지 않았는지 하야마 유리카에게 계속해서 전화를 걸었다. 계속해서 유리카가 받지 않자 그는 미나토구로 직접 가 그녀를 찾기로 결심했다.

2

나미는 지한이 두고 간 두 번째 편지를 계속해서 읽었다. 지한은 너무 급하게 나간 나머지 두 번째 편지를 그대로 두고 나갔던 것이었다.

“규슈 한인 학교 옆 컨테이너로 오늘까지 오라고? 도대체 누가 보낸 거지”

나미는 편지를 읽으며 편지 내용을 중얼거렸다. 그때 나미의 머릿속에 누군가가 떠올랐다.

“우리 언니는 분명히 장례식까지 마쳤는데. 그러면 이거 보낸 사람은 그 사람밖에는 없는데.”

나미가 편지에 대해 추궁하던 그때 핸드폰에서 전화가 계속해서 울렸다.

형준의 전화였다.

나미는 그의 전화가 울리자, 겁이 나기 시작했다. 받으려고 하던 찰나에 마지막 전화 연결이 끊어졌다.

“어차피 받아봤자 돈 달라는 소리겠지 뭐.”

나미는 휴대전화의 전화를 꺼버렸다.

"일단 돈부터 찾아봐야겠다."

나미는 서랍 속에서 지한의 지갑을 찾기 시작했다.

"어 찾았다."

지한의 지갑 속에서 몇 장의 지폐를 꺼내서 자기 지갑 속에 넣었다.

"나중에 필요할 때 써야겠다."

나미는 머리 아픈 편지의 존재를 뒤로한 채 침대에 누워 한숨을 돌렸다.

한두 시간 즘 지났을 때 그제야 일어났다.

"커튼 좀 쳐야겠다."

집 안은 빛 한 줌 없이 컴컴했다. 커튼을 치니 노을 진 햇빛이 강렬하게 들어왔다. 너무 밝아 나미가 눈살을 찌푸렸다. 그러던 와중에 그녀는 창밖을 보고 소스라치게 놀라 몸을 숨겼다.

"뭐야. 재가 왜 저기 있는 거야?"

나미는 자신이 머무는 지한의 오피스텔 앞에서 서성거리는 형준을 발견했기 때문이었다.

"나 본건 아니겠지."

나미는 너무 놀라 숨이 차기 시작했다. 그녀는 긴장되거나 두려움에 떨 때 항상 숨이 차는 버릇이 있다. 형준이 자신을 발견했을까 봐 불안에 떨며 한참을 몸을 숨기다가 겨우 창문 밖을 확인했다. 밖에는 형준의 모습이 보이지 않았다.

"진짜 죽을 뻔했네."

그녀는 그제야 안심할 수 있었다.

그리고 바로 방안이 안 보이게끔 커튼을 쳤다.

"이곳은 안전하지 않겠어."

나미 또한 급하게 캐리어를 꺼내 짐을 쌌다.

"여기서 재한테 잡히면 난 이제 끝이란 말이야."

나미는 형준에게 훔친 돈이 수중에 없기 때문접은 상태로 편지를 꺼내에 돌려줄 수도 없는 노릇이었다.

그녀는 마음이 급해져서 바로 들어갈 수 있는 도쿄의 싼 고시원을 검색해 봤다.

"한 달에 1만 엔이라면 괜찮겠네."

나미는 이 고시원으로 떠나기 위해 필요한 모든 짐을 캐리어에 담았다. 그리고 혹여나 최형준이랑 마주칠까 봐 모자를 푹 눌러쓰고 집을 나섰다.

3

“미나토구를 샅샅이 찾아도 얘가 안 보이잖아!”

유리카가 산다는 미나토구에 와도 별 소득이 없자 형준은 화가 머리끝까지 나기 시작했다.

“잡히면 내 손에 죽을 줄 알아.”

분노가 가득 찬 그는 양손에 주먹을 쥐며 이를 갈았다.

그는 부동산을 돌아다니며 윤지한이 사는지 물어보기 시작했다.

“여기에 윤지한이란 사람 사는 곳 있나요?”

“그건 저희가 알 수 없네요.”

부동산에서는 누가 사는지 알 수 없는 건 당연한 것이었다. 그때 형준의 눈에 고급 오피스텔이 눈에 띄었다.

그는 경비실로 향했다. 경비원이 그를 보자, 문을 열고 나왔다.

“무슨 일이죠?”

경비원이 그에게 물었다.

“제가 친구를 찾고 있는데요, 여기 윤지한이라는 사람 사나요?"

경비원은 형준을 빤히 바라보았다. 그의 목에 있는 문신을 바라보았다. 경비원은 그의 행실이 좋아 보이지 않는다고 느꼈다.

"여기는 보안이 철저해서 누가 사는지는 알려줄 수 없네요. 죄송합니다."

"네? 그냥 제 친구입니다. 그러니까 알려주실 수 없나요?"

지한은 알려 달라고 경비원에게 무작정 부탁하기 시작했다.

"그러면 몇 동 몇 호 인지 먼저 말씀해 주시면 제가 연결해 드릴게요."

형준은 계속해서 알려 달라고 했지만 경비원은 알려줄 수 없다는 말만 되풀이했다.

형준은 뭔가 아쉬웠는지 그 오피스텔 앞을 한참 동안 서성거렸다. 그렇게 그는 얻고 싶은 거를 얻지 못한 채 다시 길을 배회했다.

몇 시간을 돌다 보니 벌써 해가 지기 시작했다. 그런 그도 더 이상 찾지 못할 것 같다는 생각이 들자 지치기 시작했다.

"에이씨 진짜 시간이 없잖아!"

형준은 화가 나 벽을 내리쳤다. 그의 손이 까져서 피가 흐르고 있었다. 지나가는 행인들이 그를 경계하면서도 이상한 눈빛으로 쳐다보았다. 민망해진 그는 손에 붙일 밴드를 찾으러 근처 편의점을 찾기 시작했다. 고개를 돌려보니 바로 옆에 편의점이 있었다.

형준은 밴드와 술 두 병을 계산대 위에 올려놨다.

"2천 엔입니다,"

"여기요."

밴드와 술 두 병을 사고 편의점에서 나온 그는 술 뚜껑을 따려고 했다. 그때 전화기가 울렸다.

지현의 전화였다.

"너 어디야? 왜 이렇게 안 와?"

"아 몰라. 오늘 망했어. 그냥"

형준의 짜증 섞인 목소리에는 실망감이 가득해 보였다.

"왜? 못 찾은 거야?"

"응."

"그래. 뭐 어쩔 수 없지. 나도 괜히 찝찝했어. 그냥 집에 와."

지현은 형준이 얼른 집으로 오길 바랐다.

"아냐. 조금만 더 찾다 가게. 돈은 확실히 받아내려고."

"벌써 해졌는데. 일단 알았어."

형준은 지현의 전화를 끊고 근처 공원으로 향했다.

그는 공원에 있는 빈 벤치에 앉아서 아까 샀던 밴드를 꺼냈다.

"아 진짜 많이도 까졌네."

손에 밴드를 덕지덕지 붙인 그는 같이 사 왔던 술 두 병도 같이 꺼냈다.

"술이나 먹어야겠다."

오늘 헛수고했다고 생각한 그는 모든 짜증과 피곤이 몰려왔다. 오늘의 허무함을 잊고 싶어져 그는 순식간에 술 두 병을 벌컥벌컥 마셔버렸다.

"아오… 이제 좀 취하는 것 같네."

형준은 입에 줄줄 흐르는 술을 소매로 대충 닦아 냈다. 술에 취해 비틀거리는 그는 번화가 거리로 향했다.

화려한 이 거리 속에서 그에게는 파친코 간판이 가장 눈에 띄었다. 운이 좋지도 않은 오늘 형준은 남은 돈 모두를 걸어보자는 마음에 이끌려 화려한 파친코장으로 발을 들였다. 아까 밴드와 술을 사고 남은 지폐는 7천 엔이었다.

"좋아. 저기 가서 돈 버는 거야."

형준은 파친코에 들어가자마자 구석 자리를 차지했다. 그는 아직 술이 깨지도 않고 취한 상태였다. 형준은 돈을 얻는다는 생각에 흥분한 채로 슬롯에 3천 엔 지폐를 넣었다. 그가 지폐를 넣고 버튼을 누르자 파친코 기계에서는 구슬들이 무수히 쏟아졌다.

구슬이 무수히 쏟아져 기계에는 잭팟을 알리는 알림이 요란스럽게 떴다.

"뭐야, 잭팟이야?"

형준은 입이 찢어지도록 웃기 시작했다.

"이야, 이거 대박인데?"

형준은 첫 번째 잭팟을 터뜨리자 정신을 못 차리고 계속해서 지폐를 넣었다.

운이 좋게도 그는 계속해서 잭팟을 터뜨렸다.

파친코 기계에서 무수한 구슬들이 쏟아져 내릴수록 그의 입꼬리는 점점 더 올라갔다.

한참 동안 파친코 기계에 정신없이 몰두한 그는 술이 점점 깨기 시작했다. 술이 깨자, 형준은 파친코장의 흥미가 떨어지기 시작했다.

"이 정도 벌었으니 그만 가야겠다."

거리로 나와보니 이미 밤이 되었다. 형준은 핸드폰을 켜고 시계를 확인했다. 밤 11시였다. 그는 지현의 부재중이 쌓여 있는 것을 확인했다.

"아니 얘는 왜 이렇게 마음이 급해. 전화 좀 못 받을 수도 있지."

계속해서 연락에 집착하는 지현이 한편으로 짜증 났지만, 오늘만큼은 원하는 돈을 얻어 기쁨을 주체할 수 없었다.

형준은 지현에게 전화를 걸었다.

"야 너 왜 이렇게 전화를 안 받아."

지현은 시큰둥한 말투로 전화를 받았다.

"나 오늘 돈 엄청나게 벌었다."

"그 여자에 찾은 거야?"

"아니, 파친코로 돈 엄청 벌었어."

"정말?"

지현은 그의 말에 놀라면서도 기뻐서 눈이 휘둥그레졌다.

"응. 지금 이 돈 가지고 갈 거야. 끊어."

형준은 기분이 들뜬 채로 거리를 걸어가고 있었다. 골목길로 들어서니 가로등 한 개 말고는 빛이 없었다.

왠지 모르게 그도 처음 온 골목길이라 낯설고 무서운 기분도 들었다.

그때 기분 탓인지 자신의 보폭에 맞춰서 들어오는 흰색 봉고차 한 대가 있었다.

"아 저 차 왜 이렇게 찜찜하냐."

그는 불안했는지 양손으로 머리카락을 마구 흔들었다.

"내 착각인가. 왜 자꾸 보폭에 맞춰서 따라오는 것 같지?"

그는 자신의 착각인지 아닌지 확인하기 위해 뛰어가기로 결심했다. 그가 컴컴한 골목 앞을 뛰어가자, 봉고차도 속도를 높이기 시작했다.

"뭐야, 저 차 나 따라오는 거야? 언제까지 따라오는 건데?"

형준은 봉고차의 속도를 이길 수 없었다. 무서움과 짜증이 동시에 생긴 그는 무모하게 차 앞으로 다가가 소리쳤다.

"당신 누구야? 왜 나 따라오는 건데?"

그때 마스크와 모자를 쓴 남성이 긴 각목처럼 보이는 막대기를 꺼내서 내렸다. 그의 얼굴은 가려져 있어서 누구인지 확인할 수 없었다.

"뭐야 후미토야?"

형준은 그가 후미토인가 라는 생각이 들었다. 하지만 차에서 내린 그 사람은 아무 말도 하지 않고 형준을 각목으로 내리쳤다.

"당신 뭐야?"

형준은 반항을 했지만 무기를 들고 있는 그를 이길 수 없었다. 또한 어두운 골목에서는 도와줄 사람 한 명 없었다. 그 남자는 형준의 머리를 각목으로 한 번 더 내리쳤다. 그랬더니 형준은 '악!' 소리를 내며 그대로 기절해버렸다. 그렇게 그는 형준의 손과 발을 꽁꽁 묶어서 차에 실었다.

한편 지현은 새벽이 되어도 형준이 오지 않자 불안해지기 시작했다. 전화를 걸어도 계속 받지 않자 경찰에 신고해야 하는지 걱정되기 시작했다. 한편으로는 자신을 두고 떠난 건 아닌지에 대한 불안감도 들었다.

"아니다. 내일까지 기다려보자."

지현은 걱정과 불안의 마음은 안고 잠자리에 들었다.

아침에 깬 그녀는 형준의 빈 허전함에 허무감을 느꼈다.

4

저녁이 되어도 형준이 돌아오지 않자 지현은 핸드폰을 손에서 뗄 수가 없었다.

"미치겠네. 왜 연락도 안 오는 거야. 나를 가지고 장난쳤던 건가? 나는 진심이었는데."

지현은 울먹거리며 눈에 눈물이 고였다. 형준이 자신을 버리고 떠난 것이라고 짐작되었기 때문이다. 지현은 한시도 가만히 있지 못하고 손을 떨면서 핸드폰을 수시로 확인했다.

그때 지현의 핸드폰에 문자 한 통이 왔다.

"최형준인가?"

지현은 급하게 문자를 확인했다.

"형준이한테 온 거네?"

최형준에게 온 문자인 것을 확인한 지현은 급기야 얼굴에

화색이 돌았다.

그의 문자는 우편함을 확인하라는 내용이었다.

"갑자기 우편함이라니?"

지현은 부리나케 슬리퍼를 신고 1층 현관으로 내려갔다. 우편함에 형준의 문자 내용대로 분홍색 편지 한 통이 와 있었다.

"설마 이별 편지 뭐 그런 건가?"

지현은 불안감을 안고 떨리는 손으로 편지를 꺼냈다. 지현은 형준의 이별 통보라고 생각했다.

마음을 접은 상태로 편지를 꺼내어 읽어 보았다.

최형준은 지금 나랑 있어.

지금 당장 너희 집 근처 나메카 공원으로 나와.

봉고차 한 대 있을 거야.

경찰에 신고하면 너희 인생도 끝나는 거 알지?

-니시메 유리-

"이게 뭐야?"

놀란 지현은 복도가 울릴 정도로 비명을 질렀다.

"니시메 유리라고?"

형준의 걱정이 된 지현은 다시 집으로 올라가 옷을 챙겨 입기 시작했다. 지현은 너무 무서워 심장이 미칠 듯이 빠르게 뛰기 시작했다. 지현은 그때 동생 지아가 문뜩 생각났다. 그리고 지아에게도 피해가 갈까 봐 걱정이 되었다.

"지아한테도 피해가 가면 안 되는데…. 이 사실을 알려야 돼."

지현은 급기야 바로 지아에게 전화를 걸었다. 다행스럽게도 전화를 걸자마자 지아의 목소리가 들렸다.

"지아야. 언니야."

"응? 언니 왜 이렇게 말을 떨어."

지아는 공포감에 떠는 듯한 지현의 목소리가 신경 쓰였다.

"아니. 지아야 무슨 일 없는 거지?"

"응. 왜 이렇게 정신이 없어 보여. 혹시 그 남자가 언니 때려?"

지아는 추궁하듯 따져 물었다. 지아는 형준이라는 남자가 의심스러웠다.

“아니야 그런 거 절대. 근데 니시메 유리라는 사람이 집에 찾아오면 절대 문 열어주지 마. 언니가 올 때까지 기다려. 알겠지?”

“응. 아니 알겠는데. 그 여자가 누군데?”

지아는 유리라는 사람이 누구인지 말을 하지 않은 지현이 답답했다.

“아니 아무튼 그냥 그렇게 생각해 줘. 제발. 부탁이야.”

지아는 지현의 상태가 심상치 않다는 것을 느꼈다. 지아는 유리라는 사람이 형준의 또 다른 여자인가라는 생각을 할 수밖에 없었다.

“언니! 언니!”

다급하게 전화를 끊으려는 지현을 불러봤지만, 곧바로 통화는 두절되었다.

지현은 지아의 전화를 끊고 바로 나메카 공원으로 향했다.

“봉고차가 어디 있는 거지?”

정신없이 지현은 공원으로 뛰어갔다. 캄캄한 밤이라 그녀를 도와줄 사람은 아무도 없었다.

나메카 공원으로 들어서자, 눈앞에 봉고차 한 대가 보였다.

"저건가?"

지현은 형준을 부르며 그 차 앞으로 다가갔다. 그때 봉고차가 지현이 찾는 차가 맞는다는 신호를 보내듯 불빛을 키며 시동을 걸었다.

그때 모자를 쓰고 자기 얼굴을 온통 가린 남자가 각목을 들고 문에서 내렸다.

"누구세요?"

지현은 놀라 소리쳤다.

그 남자는 아무 말 없이 각목으로 사정없이 지현을 내리쳤다.

놀란 지현은 즉각적으로 온몸을 보호하기 시작했다. 그런 지현의 모습에도 아랑곳하지 않고 남자는 계속해서 각목으로 지현을 폭행했다.

"살려주세요."

계속해서 지현의 비명 소리가 들렸지만 남자가 지현의 머리를 내리치는 순간 지현은 아무 소리 없이 기절해버렸다.

"좋아. 마지막 인질까지 완료."

그는 알 수 없는 말을 하며 인질 두 명을 묶고 봉고차를 끌고 어디론가 떠났다.

PART 9

다섯 악마들 1

"윤지한, 후미토 어제 똑바로 청소 안 했더라? 오늘 제대로 하고 가라."

교실 바닥을 훑던 담임 김아츠시가 어제 청소 담당이었던 후미토와 지한에게 한소리를 했다. 그들은 기분이 나빴는지 입술을 꽉 깨물고 인상을 지었다.

규슈 한인 학교 1학년 4반에는 철저히 계급이라는 게 존재한다. 4반이라는 작은 사회에서 자연스럽게 만들어진 계급은 너무나도 철저하고 단순했다.

"자 이상 수업 끝."

담임 아츠시가 문을 열고 나가자마자 그들 무리의 시선은 니시메 유리에게 향했다. 유리는 그런 그들의 시선이 느껴져 움츠러들었다.

"야 내가 어제 똑바로 청소하라고 했어, 안 했어 ? 시키는 일도 제대로 못 하는 거야?"

유리는 아무 말도 하지 못했다.

유리는 사과를 할까 말까 마음속으로 한참 고민 중이었다.

"우리가 보는 앞에서 바닥을 기어 봐"

미애는 유리가 사과를 하지 않자 유리에게 모욕감을 주고 싶었다.

"그… 그건"

유리는 같은 반 애들이 보고 있는 모욕감과 수치심에 망설였다.

"야 뭐 하는 거야? 빨랑 안 해?"

형준은 유리의 다리를 발로 찼다.

유리는 너무 아팠는지 다리를 순간적으로 감쌌다.

"야 재 봐봐."

후미토는 아파하는 유리를 손가락으로 가리키며 깔깔거렸다.

유리는 모른 척하는 같은 반 애들이 원망스럽기보다는 오히려 다행이라고 생각했다. 비웃음보단 무관심이 낫다고 생각했기 때문이다.

"미안해…. 제대로 청소할게."

유리는 울먹거리며 무릎을 꿇었다.

"야 기라고. 확 씨."

지현은 팔을 올리며 유리에게 손을 대려고 시늉하자 그녀는 본능적으로 자기 얼굴을 가렸다. 그러자 그들 무리는 또 웃겼는지 깔깔거렸다.

"너네 지금 뭐 하는 거야?"

그때 담임 아츠시가 들어왔다.

"아 씨 누가 부른 거야?"

후미토가 신경질을 냈다.

"너네 지금 뭐 하는 거냐고 묻잖아?"

담임 아츠시는 몰려 있는 모습을 수상하게 생각했다.

"아무것도 안 하는데요?"

미애는 아츠시의 눈을 쳐다보며 똑똑히 말했다.

"너네 교무실로 따라와."

아츠시는 그들 무리를 교무실로 불렀다.

그 자리에 있던 유리를 포함한 6명은 교무실에 한자리로 모아졌다.

"아까 무슨 상황인지 나에게 설명을 해 봐."

담임 아츠시는 그들에게 물었고 유리는 말을 하고 싶지만 입을 뗄까 말까 고민하고 있었다.

"제가 얘기할게요."

그때 가장 성적이 우수한 후미토가 대표로 나섰다. 후미토는 선생님의 총애를 받는 학생이었다.

"그냥 저희 같이 놀고 있었던 거예요. 유리가 내기에 져서 저러고 있었던 거고요."

"흠…."

담임 아츠시는 아무 말 없이 고개를 끄덕였다.

"유리 너의 생각은 어떤데?"

유리는 다 같이 있는 이 자리에서 말을 꺼내기가 무서웠다. 하지만 솔직하게 말하기로 결심했다.

"저는 아무 이유 없이 폭행당하고 있어요. 어제 청소도 제가 한 거고요. 저 너무 힘들어요."

유리는 말하기 시작하기도 무섭게 눈물이 차올라서 말을

이어나가기 힘들었다.

그들 무리는 유리의 말에 당황함을 보였다.

"아 저 선생님, 저희 진짜 장난이라니까요?"

미애가 선생님에게 손사래를 치며 자신은 억울하다며 말을 했다.

"알겠으니까 너네 5명은 나가 있어 봐. 유리랑 대화 좀 해보게."

담임 아츠시는 그들에게 나가라며 문을 가리켰다. 그리고 유리에게 눈물을 닦으라며 휴지를 건넸다. 유리는 드디어 안도감이 드는 듯한 마음이 들었다. 그리고 유리는 겨우 울음을 멈췄다.

"선생님, 이제 말할 수 있을 것 같아요."

"그래. 유리야 선생님도 하고 싶은 말이 있어."

담임 아츠시도 그녀에게 무언가를 말하고 싶었다.

"유리야 너 스스로 소심한 성격을 극복해야 해. 안 그러면 친구들이 너를 만만하게 보는 거야."

유리는 아츠시의 한마디에 머리를 맞는 기분이 들었다.

자신을 위로해 주는 건지 아니면 이 상황을 자신의 탓으로 넘어가는지 이해가 가지 않았기 때문이다.

"그런 이유로 제가 지금 괴롭힘을 당하고 있다고 생각하시는 건가요?"

유리는 다시 눈물이 복받쳐 올라왔다.

"그래 그럴 수도 있지. 그러니까 좀 새로운 친구도 사귀어 보라는 거야. 계속 그렇게 살면 나중에…."

"이미 이유 없는 괴롭힘이 시작된 이후로 저의 학교생활이 망가졌어요. 아무도 저랑 친구 하고 싶어 하지 않아요."

유리는 아츠시의 말을 끊었다.

"후… 그래서 선생님 보고 뭘 어쩌라는 거니?"

아츠시가 유리에게 신경질적으로 물었다.

"제가 선생님을 부른 적이 없어요. 선생님이 저를 불렀고요. 제가 괴롭힘을 당하는 것도 아시고 있으셨잖아요."

유리의 말에 담임 아츠시는 어떠한 부정도 할 수 없어 아무 말도 하지 않았다.

"너 이 녀석 선생님한테 말버릇이 그게 뭐야?"

아츠시는 아무 꼬투리라도 잡고 싶어서 유리에게 급기야 화를 냈다.

유리는 담임의 말을 무시하고 교무실 문을 쾅 닫았다.

"나도 이제부터 반항하는 거야."

유리는 스스로 돌파구를 찾을 방법을 모색하기로 결심했다.

한편, 5명의 무리는 골목에서 담배를 피우며 아까 일을 되새겼다.

"담임도 알고 있으면서 모른 척하는 것 봐. 후미토가 말해주니까 그냥 넘어가잖아."

지한은 담배 연기를 들이마시며 내뿜는 것을 반복했다.

"아 씨 여기다 뱉으면 어떡해."

미애가 자기 옆에 침을 뱉은 지한에게 화를 냈다.

"그나저나 내일 니시메 유리는 학교 나오려나? 어떻게 괴롭히지?"

후미토가 그들에게 물었다.

"그년 학교 안 나올 것 같은데. 걔 안 나오면 누구 괴롭히냐 심심한데."

지현은 담배를 만지작거리며 말했다.

"여정훈? 걔 좀 어리바리한 게 좀 갖고 놀고 싶더라."

형준은 평소에 조용한 정훈이 눈에 거슬렸다.

"아 그 공부 잘하는 걔?"

후미토도 자신보다 성적이 높은 정훈이 신경이 거슬렸다.

"어 맞아."

형준이 고개를 끄덕였다.

"걔 좀 신경 쓰이긴 하더라."

후미토가 의미심장한 미소를 띠며 넌지시 던졌다.

I

"다녀왔습니다."

교무실을 박차고 나온 유리는 풀이 죽은 모습으로 집으로 들어갔다.

"언니 왔어?"

그녀를 따뜻하게 맞이하는 건 유일한 이부형제 유리카였다.

니시메 유리의 어머니는 한국인이시고 아버지는 일본인

이셨다. 그녀가 4살 때 이혼하시고 어머니는 하야마 성씨를 가진 일본인 남성과 재혼했다. 그리고 그 사이에 하야마 유리카라는 딸을 낳았다. 행복해 보이는 가정일 수도 있겠지만 얼마 안 가 그 남자 또한 유리와 유리카를 놓고 도망가 버렸다.

유리는 아픈 가정사를 가진 자신과 같은 유리카에게 항상 마음이 쓰였다.

"언니 얼굴이 빨개. 왜 그래?"

동생의 물음에도 유리는 아무 말 없이 유리카의 머리를 쓰다듬었다.

"유리카 오늘 학교 잘 갔다 왔어? 친구들이랑은 어떤데?"

"응, 나 오늘 친구랑 딱지치기하면서 놀았어."

유리카는 자신의 언니가 다쳤는지 계속 걱정되어서 유리의 얼굴을 계속 쳐다보았다.

"유리카 걱정 마. 나는 집에 혼자 있을 네가 더 걱정되었어."

유리는 유리카의 볼을 꼬집으며 아무 일 없다는 듯 웃으며 방에 들어가 문을 잠갔다. 그리고 유리는 오늘도 어김없이 일기장을 꺼냈다. 유리는 일기장을 언젠가는 자신이 그들에게 폭력을 당한 증거가 될 것이라고 믿고 항상 쓰고 있었다.

오늘도 그들에게 맞은 유리카는 한숨을 푹 쉬고 말았다.

"괴롭힘은 끝없어 보여"

> 나의 영혼은 사악한 그들에 의해 갈기갈기 찢겨나갔다.
>
> 그런 사탄 같은 인간들은 나를 향해 때로는 비웃고 때로는 나를 광대로 만들었다.
>
> 후미토, 김지현, 최형준, 박미애, 윤지한 너희 가만두지 않을 거야.
>
> 나도 복수를 할 거야.

"오늘은 짧게 쓰자."

유리는 일기장을 덮었다. 그리고 머리가 지끈거려 한숨을 푹 쉬며 기지개를 쭉 켰다.

"내가 가만히 있으니 계속 괴롭히는 건가?"

유리도 그들에게 어떤 반항을 해야 할지 고민했다.

하지만 반항이 그런 악마들에게 씨알도 안 먹힐 수도 있다는 것을 그녀도 알았기 때문에 고민이 되었다.

'언제까지 이런 생활이 계속 지속되는 걸까….'

끝이 없어 보이는 괴롭힘에 유리는 또다시 머리가 터질 것만 같았다.

"나도 이제 참지 않을 거야."

유리는 아무도 도와주지 않을 이 끝없어 보이는 괴롭힘 속에 극도의 분노를 느끼게 되었다.

그녀는 새벽 내내 어떻게 복수를 해야 할지 고민하느라 잠을 이루지 못했다.

다음 날 아침 니시메 유리는 새벽 5시 일찍 교실에 들어갔다. 그들 무리가 먼저 도착하기 전에 학교에 오는 것이 그녀에게는 일상이었다. 일찍 가는 것이 눈에 안 띄기 때문이었다.

"아무도 없는 거 맞겠지?"

니시메 유리는 교실과 복도를 계속해서 살폈다.

아무도 없는 것을 확인하자마자 그녀는 8번 사물함을 열었다. 사물함 안에는 체육복 하나가 있었다.

8번 사물함은 후미토의 사물함이었다.

그리고 유리는 근처 문구점에서 사 온 먹물 통을 꺼냈다.

"너희들은 이걸 나에게 던졌지만 나는 네 옷에 던질게. 후미토 네가 가장 악질이야."

유리는 먹물을 후미토의 체육복에 뿌리고 아까 같이 사온 자물쇠로 사물함을 단단히 잠갔다.

"이제 나는 집에 가봐야겠다."

그리고 교실 문을 닫고 유유히 떠났다.

할 게 없던 그녀는 발걸음이 집으로 향했다.

일찍 들어온 딸을 본 그의 어머니는 놀라서 무슨 일인지 물었다. 그녀의 엄마는 새벽 내내 공장에서 일을 하고 아침에는 집에 있는다.

"유리야 왜 이렇게 일찍 온 거니?"

"엄마 나 자퇴할래."

딸의 갑작스러운 말에 그녀의 엄마는 당황스러운 표정을 감출 수 없었다.

"학생이 학교는 다녀야지. 무슨 일인지 말해야 엄마가 해결을 하든가 하지."

"엄마가 뭘 어떻게 해결해. 학교 다니는 사람은 난데. 내가 괴롭다니까."

유리는 눈에 눈물이 고였다. 유리의 엄마도 유리가 학교생활을 어려워하는 거에 대해서 어느 정도 알고 있었지만 심각하게 생각하지 않았다.

유리는 방문을 쾅 닫고 문을 잠갔다.

"자퇴하려고 사물함에 그렇게 한 건데. 나는 이제 어떡해. 걔네들이 가만 안 둘 텐데."

유리는 뒤늦게 밀려오는 후회감과 공포감으로 손발이 후들거리기 시작했다.

그날 밤 유리의 전화기에는 악마들의 부재중 전화가 걸려왔다.

PART 10

베일이 벗겨진 여자

경찰서에 들어온 건 나미였다.

나미는 경찰의 제재 때문에 밖에서 담배를 피우고 다시 들어왔다. 그리고 경찰은 실종자 가족들이 안 보이게 그녀를 조사 방으로 데려갔다.

"그래서 도쿄 경찰서에서 저를 왜 여기로 보낸 건데요?"

나미는 멀리서 내려오느라 귀찮았다는 듯이 툴툴거렸다. 그런 나미의 말에 경찰은 아무 대꾸도 하지 않았다.

경찰은 도쿄 경찰서에서 전해 받은 두꺼운 조사지를 펼쳐가며 나미의 눈을 노려보았다. 나미에게 겁을 주기 위함이었다.

"동거남이 실종되었는데 왜 경찰에 신고하지 않았던 거죠?"

“그 사람을 사랑하지 않았으니깐요.”

경찰은 이러한 나미의 답변에 의심이 갈 수밖에 없는 상황이었다.

“아니, 그 사람의 돈을 보고 사귀었어요. 그리고 먼저 그 남자가 저보고 같이 살자고 권유했고요.”

경찰이 의심의 눈길을 보내자, 그녀도 겁을 먹었는지 말을 덧붙였다.

경찰은 그녀를 압박하는 조사를 시작했다. 그런 강압적인 경찰의 모습에 나미도 일이 꼬였다는 생각을 했다,

“유리카씨 이제 당신은 앞으로도 저희의 소환 조사에 참석하셔야 합니다.”

나미는 자신의 본명을 부르자 급기야 긴장됐다. 그녀의 본명은 하야마 유리카이다.

“저를 의심하시는 건가요? 어떤 걸 말이죠?”

그녀는 언성을 높이기 시작했다.

“의심이 아니라 참고인 조사입니다. 그리고 핸드폰 조사를 해야 하니 오늘 핸드폰 제출하시고 3일 뒤에 다시 찾아오세요.”

유리카는 눈동자가 흔들리기 시작했다.

“제가 제출하지 않는다면요? 제 개인정보 때문에 함부로 넘길 수 없어요.”

“그렇다면은 저희는 더더욱 유리카씨를 의심할 수밖에 없습니다. 윤지한 씨가 실종되고 나서도 그 사람의 카드를 쓰는 등 저희가 봤을 때 석연치 않아서요. 따라서 가해자로 지목될 수 있단 말입니다.”

“그건 걔… 걔가 저한테 쓰라고 카드를 준 거였어요. 그리고 저한테 금방 아니 곧 돌아올 거라고 했고요.”

유리카는 긴장해서 말을 더듬었다. 경찰은 그녀의 말을 무시하고 핸드폰을 빨리 제출하라고 재촉했다.

유리카는 어쩔 수 없이 핸드폰을 경찰에게 넘겼다.

“윤지한은 어디서 만나신 거죠?”

“제가 일했던 술집에서요.”

“그 술집에서 언제부터 만난 거죠?”

“올해 2월부터요.”

유리카는 불안한지 손가락을 만지작거렸다.

“그 술집 사장에 따르면 윤지한 씨는 1월부터 단골이었다는데 유리카 씨는 왜 이곳으로 옮긴 거죠?"

경찰은 유리카의 의도적 접근을 의심했다.

"그건 개인적인 이유예요. 근데 궁금하시다면 말씀은 드리죠. 그전 술집에서 같이 일하던 직원과 동거하던 사이였고요. 헤어져서 제가 찝찝해서 관둔 거고요."

"아 그러시는군요."

경찰은 그녀의 말을 들으면서 계속해서 키보드를 두들겼다.

"그러면 왜 사장한테는 한국인 단골이 있냐고 물은 거죠? 마치 윤지한 씨에게 의도적으로 접근했다는 듯이요."

"네? 그게 무슨 소리세요? 전 그런 적 없어요."

유리카는 정곡이 찔리자 당황스러워져서 목소리가 몹시 흥분 상태였다.

"술집 사장이 그러시던데요?"

경찰은 비꼬듯이 대답했다.

"그런 식으로 참고인을 농락해도 되는 건가요?"

유리카는 그 자리에서 벌떡 일어서서 자신은 억울하다면서 소리를 질러 댔다.

유리카는 자신의 비밀이 들키자 더욱더 목소리가 커지게 되었다.

"그만 소란 피우시고 삼 일 뒤에 핸드폰이나 찾으러 오세요."

경찰은 소란을 피우는 그녀의 팔을 끌고 경찰서에서 내보냈다.

"일이 괜히 꼬였네. 돈만 받고 튈 생각이었는데."

경찰서에 나온 그녀는 머리가 복잡해지자 괜히 옆에 있는 돌을 발로 찼다.

나미가 아닌 유리카의 삶이 된 그녀는 다시 기차를 타고 도쿄로 향했다. 그가 머무는 고시원으로 돌아갔다. 지한이 실종된 후에 새로 얻은 숙소였다. 유리카는 잠깐 동안만 이곳에서 머무르기로 했다. 고시원 주인 부부는 그녀의 옷차림새가 일반인과 다르다는 것을 느꼈다. 그래서 그런지 그녀가 딱한 사정이라고 생각하고 한 달 정도는 반값으로 받기로 했다.

1

유리카는 삼 일 뒤에 다시 규슈 경찰서를 찾아갔다.

"핸드폰 찾으러 왔습니다."

경찰은 유리카를 다시 의자에 앉혀 아직 할 이야기가 남았다고 하였다.

"최형준이란 어떤 사이인가요?"

"그게 무슨…."

유리카는 눈 밑이 떨리기 시작했다.

"잡아떼지 마시고요, 최형준이 실종되는 당일에 당신에게 연락했잖아요. 전화를 열 통 넘게 했던데. 당신이 기록을 다 지웠어도 통신사 기록은 남아있습니다."

유리카는 말을 할까 말까 고민이 되어 수십 번 입술을 뗐다 붙였다 했다.

"그 사람이 저의 전 애인입니다. 제가 이전 술집을 관둔 이유이기도 하고…."

경찰은 유리카의 눈을 유심히 살펴보았다.

"흠… 하야마 유리카씨 당신은 윤지한을 죽이지 않았습

니까?"

"절대로요. 저는 그 사람이 어디 갔는지도 몰라요."

유리카는 결백에 찬 눈빛이었다.

"최형준은 왜 유리카 씨께 전화를 걸었나요?"

경찰의 질문에 유리카는 아무 말도 하지 못했다.

유리카와 경찰관 둘에게서 침묵의 소리만 들릴 뿐이었다.

그러던 중 경장이 유리카를 조사하고 있던 반장을 불렀다.

"반장님, 니시메 유리에 관해 조사를 해봤는데요…."

"어. 그래"

옆에서 경찰들의 말을 엿듣고 있는 하야마 유리카는 니시메 유리라는 이름을 듣자 뛰는 심장을 주체할 수 없었다.

"니시메 유리는 전국에 150명으로 그 사람 중에는 이 사건과 접점을 찾을 수 없었습니다."

"그래?"

반장은 경장의 말을 듣고 실망한 눈치였다.

"그런데, 제가 계속 조사해 보니까 니시메 유리라는 이름을 갖고 있는 사람 중에 규슈 한인 학교 출신이 있더라고요.

이미 16년 전에 사망했습니다."

"뭐 그게 말이 돼?"

반장은 점점 꼬여가는 일에 머리가 터질 지경이었다.

"저도 이게 너무 황당해서… 머리카락의 주인이 누군지 알면 실마리가 풀릴 것 같긴 한데…."

경장도 이 상황이 무서우면서도 황당한 것은 마찬가지였다.

"죽은 사람이 편지라니…. 이게 무슨. 장난 편지 아냐?"

반장은 말도 안 되는 조사 결과에 기가 찼다.

"아무튼 그래서 머리카락은 어떻게 된 거야?"

반장은 머리카락을 통해 실마리를 찾을 수 있을 거로 생각했다.

"그 감정은 밤 10시쯤에 나온대요."

"알겠어. 그저께 왔던 실종자 가족들 다시 불러와. 그리고 니시메 유리 그 사람 가족들을 조사해 봐."

연락받은 실종자 가족들은 하나둘씩 모이기 시작했다. 그들은 매우 급하게 뛰어온 모습이었다.

"저희 아들 찾은 거예요?"

코우스케 부부는 경찰의 전화에 부리나케 달려왔다.

"찾았다는 게 아니라 머리카락 감정이 조금 있다가 나오는데 이걸 통해서 납치범을 알 것 같아서요."

유리카는 아주 불안해 보였다.

경장은 반장에게 프린트를 뽑아 종이 한 장을 보여 주었다.

종이를 읽은 반장은 어이없어하며 팔짱을 꼈다.

"하야마 유리카 씨"

반장은 혀를 끌끌 차며 다시 유리카를 불렀다.

"편지 당신이 보낸 거야? 실종자들 어디 있어?"

"그게 무슨 소리세요?"

유리카의 눈동자는 흔들렸지만 아무것도 모른다는 듯이 말했다.

"그 편지는 절대 내가 보낸 게 아닙니다."

"모르는 척하지 마세요. 당신이 니시메 유리 동생이잖아요."

반장은 언성을 높였다.

"아니야. 난 진짜 몰라요. 저도 그 편지를 보고 놀랐어요."

유리카는 울먹거리며 고개를 절레절레 저었다.

"휴"

반장은 유리카의 부인이 답답했는지 고개를 숙이며 한숨을 푹 쉬었다.

"네가 니시메 유리 동생이었어? 우리 아들 도대체 어디 있는 거야?"

코우스케 부인인 정지희는 유리카의 존재를 알게 되자 소리를 지르며 유리카의 머리카락을 붙잡았다.

"니시메 유리에 대해서 아세요?"

반장은 그녀에게 눈썹을 치켜올리며 물었다.

지희는 당황했는지 머뭇거리며 아무 말도 하지 않았다.

"그러면 며칠 전 그 편지를 보고도 아무 말씀하지 않으셨던 겁니까?"

반장은 그녀가 아무 말도 하지 않아 조사가 더뎌진 것에 대해 짜증이 났다.

"그건 뭐… 굳이 말해야 됩니까? 아무튼 그 못사는 애 때문에 우리 애 인생이 망가질 뻔했다고요! 어찌나 강압적으로 수사하더만."

지희는 경찰서가 울릴 정도로 소리를 질렀다.

"뭐라고? 당신 자식 때문에 우리 언니가 죽었고 우리 엄마도 죽었어!"

유리카는 코우스케 부인의 빰을 내리쳤다. 급기야 경찰서는 웅성거리며 아수라장이 되었다.

"그게 무슨 소리세요?"

경찰들은 유리카의 말에 관심이 쏠렸다.

"저희 아들은 사람을 죽이지 않았어요. 지금 무슨 소리 하는지도 모르겠네요."

코우스케와 정지희는 아무것도 모른다는 듯이 말했다.

"하야마 유리카씨 당신이 이 실종자들을 다 숨겼을 리는 없겠고, 조력자가 있는 거지? 누구야?"

경찰은 유리카를 향해서 압박하기 시작했다.

그럼에도 불구하고 유리카의 자세는 꼿꼿했다.

"저는 진짜 이 실종과 관련이 없습니다."

"그러면 최형준부터 윤지한까지 도대체 어떻게 엮인 거야?"

"윤지한은 저를 진심으로 사랑했어요. 솔직히 부모 품 안에서 살아서 그런가 돈도 잘 빌려주고 이렇게 호구 같은 사람은 처음 봤거든요. 돈 좀 더 뜯어내려고 했는데 사라져서 아쉽네요."

반장은 유리카의 말이 원하는 대답이 아니자 답답해졌다.

"그니까 윤지한이 당신을 사랑했고 말고를 떠나서 의도적으로 접근했다는 건 맞다는 거죠?"

"네 맞아요, 근데 최형준은 진짜 우연히 만난 거였어요. 후에 알게 되고 나서도 돈만 뜯어내려고 그랬어요."

반장은 유리카의 말을 들으면서 그녀의 눈을 지긋이 쳐다보았다.

"그러면 아까 말했던 언니가 저 사람 자식 때문에 죽었다는 게 무슨 소리죠?"

"저 여자가 헛소리하는 거예요."

갑자기 정지희가 경찰의 말을 자르고 끼어들었다.

"아이참!"

반장은 말을 끊은 그녀에게 인상을 찌푸렸다.

곧이어 김지아와 김현주도 경찰서에 도착했다. 혼란스러운 경찰서에서 무언가가 일어났음을 짐작했다.

"무슨 일이죠?"

지아는 옆에 있는 경찰 한 명에게 사태를 물었다.

"한바탕 소란이 일어났어요."

경찰서의 분위기는 굉장히 냉랭했다.

"감정 결과는 언제 나오는 거야 참!"

반장은 사건 파일을 책상에 내려쳤다.

반장의 말이 끝나자마자 신기하게도 팩스에서 종이 한 장이 출력되었다.

곧바로 경감이 그 종이를 꺼내 들었다.

"여정훈. 16년 전 니시메 유리 살인 용의자. 현재는 실종 상태."

경감은 종이를 읽으면서 중얼거렸다. 옆에 있는 반장은 답답했는지 바로 종이를 채가서 읽었다.

"이게 뭐야? 이 사람 16년 전에 실종되었다는데?"

이것을 읽은 반장도 옆에 있는 경감도 같이 당황스럽기는 마찬가지였다.

"누구라고요?"

지아가 경찰을 향해 물었다.

"머리카락 주인이 니시메 유리 살인 용의자라고 합니다. 이미 16년 전에 행방불명되었고요."

경감이 그녀에게 말을 대신 전해주었다.

"당장 이 사람부터 찾아."

경찰서는 분주해지기 시작했다.

그때 다른 경찰이 반장을 급하게 찾았다.

"반장님. 실종자들 찾았습니다."

"뭐? 어디서 찾았다는 거야?"

반장은 무슨 소리인가 싶어서 다시 물었지만, 그 경찰은 그에게 핸드폰을 보여 주었다.

"여기 방송에 나오는데요?"

정체가 알 수 없는 계정에서는 실종자들의 얼굴이 공개되었다.

"여기가 어딘지부터 당장 찾아내!"

경찰관들은 핸드폰의 위치부터 추적하기 시작했다.

"여정훈은 피해자예요."

묵묵히 듣고 있던 유리카가 입을 열었다.

"그게 무슨 소리세요?"

옆에 있던 경찰이 그녀에게 물었다.

"언니 장례식이 끝나고 우연히 일기장을 본 적이 있어요.

그 일기장은 모든 비밀이 적혀 있었어요. 실종자들에게 심하게 괴롭힘을 당했다고요."

"더 자세히 말해보세요."

옆에 있던 경찰이 그녀의 말에 대해 더 자세히 알고 싶어졌다. 옆에 있던 지희와 코우스케는 몹시 불안해 보였다.

"언니를 죽인 건 여정훈이 아니고 그 다섯 명이에요. 그때 저는 어릴 때였어서 이 사실을 알리기도 두려웠고 문제는 용의자가 도망간 상태여서 알릴 용기 없이 살았어요."

2

유리카의 기억은 16년 전으로 돌아간다. 유리의 장례식을 마치고 몇 주 뒤였다. 유리카는 언니 방에서 유품을 정리하던 때였다.

"이건 뭐지?"

유리카가 작은 종이 상자를 발견했다. 꺼내 보니 체크색 무늬 다이어리였다. 아마도 유리가 쓰던 다이어리라는 걸

직감적으로 알 수 있었다.

"내가 읽어 봐도 되겠지…."

유리카는 괜히 언니의 비밀을 보는 것 같아 미안한 마음이 들었지만, 살아 있던 언니의 마음을 조금이나마 알고 싶었다.

6월 18일

그 다섯 명 애들이 나에게 쓰레기를 던졌다.

나는 괴로워서 움츠려 들었다.

"다섯 명이 누구지?"

유리카는 언니의 일기장에 쓰인 의문의 말에 이해가 가지 않았다.

일기장을 본 유리카는 안절부절못하며 얼굴빛이 창백하게 바뀌었다.

6월 20일

김지현과 박미애가 나에게 먹물을 부었다. 옆에 있는 후미토와 윤지한은 재밌다고 깔깔 웃어 댔다. 자기 앞에서 광대 노릇 하지 않으면 당장이라도 먹물을 더 붓겠다고 그랬다. 그들이 먹물을 내 얼굴에 부어 나는 너무 놀라 소리 지르자, 그 다섯 명은 나에게 욕을 하며 발길질했다.

6월 22일

오늘도 너무 괴로웠다. 옥상에 올라가 떨어지고 싶었지만, 도저히 용기가 없었다. 매일매일 괴롭힘이 죽고 싶었다.

"이게 어떻게 된 거야…."

유리의 일기장을 읽은 어린 유리카는 일기장의 내용을 모두 이해할 수 있었다. 어린 유리카였어도 언니가 얼마나 힘든 상황에 부닥쳤을지 짐작이 갔다. 알아서는 안 되는 비밀을 알게 된 기분이었다. 일기장을 넘길 때마다 새로운 일들이 적혀 있었다. 유리카는 일기장의 내용이 너무 충격적이어서 그대로 얼어붙고 말았다.

"유리야."

그때 유리카의 엄마가 방문을 두드렸다. 놀란 유리카는 곧바로 일기장을 등 뒤로 숨겼다. 유리카의 엄마는 유리의 사망 소식을 들은 이후부터 매일 실성하여 직장에 나가지 않았다. 그녀의 엄마는 누가 봐도 제정신이 아닌 상태처럼 보였다.

"응. 엄마."

유리카는 그녀의 엄마 쪽으로 고개를 돌렸다.

"어쩌니, 언니 죽인 사람이 사라졌대."

유리카의 엄마는 그 자리에서 중심을 잃고 쓰러져 버렸다.

"뭐?"

어린 유리카는 흘러가는 이 상황이 감당하기 버거워졌다

"내가 학교를 그만두게 했어야 했는데. 다 내 잘못이야."

유리카의 엄마는 죄책감에 시달려 괴로워하며 가슴을 쥐어 잡았다.

"엄마, 내가 있잖아. 울지 마."

유리카는 혼이 나간 엄마를 위로했다.

유리카는 엄마를 이끌고 안방으로 데려가서 이불을 덮어 주었다.

"엄마, 울지 마."

유리카는 엄마의 손을 꼭 쥐어 잡았다.

그녀의 엄마는 멍하니 아무 생각이 없어 보였다.

"유리카, 이제 엄마 괜찮으니까 네 방에 들어가 있어."

유리카의 엄마는 유리카에게 나가라는 손짓을 했다. 유리카는 엄마 말을 듣고 자기의 방에 들어갔다.

유리카는 아까 읽었던 나머지 일기를 읽기 시작했다.

"언니가 그럼 누구 때문에 죽은 거야?"

유리카는 언니의 고통을 알아주지 못한 자신이 너무나도 밉고 괴로웠다.

나의 영혼은 사악한 그들에 의해 갈기갈기 찢겨나갔다.

그런 사탄 같은 인간들은 나를 향해 때로는 비웃고 때로는 나를 광대로 만들었다.

후미토, 김지현, 최형준, 박미애, 윤지한 너희 가만두지 않을 거야.

나도 복수를 할 거야.

유리카는 이 글이 일기의 마지막이라는 걸 알고 눈물을 뚝뚝 흘렸다. 날짜를 보니 언니가 죽기 전날 썼던 일기였다.

한참을 운 유리카는 눈물 자국들을 옷소매로 닦았다.

유리카는 이 시간이 너무나도 괴로워 기억을 잊고 싶었다. 피곤함에 지친 유리카는 이불을 깔고 누워서 눈을 감았다. 기운이 없었는지 그만 잠이 들어버렸다.

깊게 잠든 유리카는 꿈속에서 언니 유리가 나오자 놀래서 잠에서 깨 버렸다.

"언니 보고 싶어."

유리카는 언니가 보고 싶어져 또다시 울기 시작했다. 한참 울다 지친 유리카는 정신이 들었다. 그리고 유리카는 엄마 곁에서 잠을 자고 싶었다.

유리카는 베개를 들고 엄마가 자는 방으로 갔다.

"엄마. 나 자러 왔어."

유리카가 엄마를 불렀지만 엄마는 대답이 없었다.

"엄마."

유리카가 엄마를 흔들어 깨웠지만 일어나지 않았다. 유리카는 그녀의 엄마가 자신에게 남긴 편지 한 장을 발견했다.

PART 11

다섯 악마들 2

그날 밤 다섯 명의 악마들은 유리를 전화로 불러냈다.

그리고 유리를 향해 계속해서 발길질했다.

"네가 감히 내 체육복을 망쳐놔?"

그때 망을 보던 지한이 그들을 불렀다.

"왜?"

형준은 짜증을 내며 지한에게 물었다.

"야. 잠깐만 멈춰봐. 이거 문 어떻게 잠가?"

"뭐?"

그 악마들은 지한의 말에 시선이 돌려졌다.

어느 순간 유리의 숨소리는 사라지고 입에서 거품이 올라왔다.

문에 한눈팔던 그들은 미처 유리의 상태를 알지 못했다.

"야! 쟤 떨어지려고 그래"

그때 고개를 돌린 미애가 유리를 보게 되었다.

유리는 입에 거품을 문 채 옥상의 난간을 넘어갔다.

그리고 순식간에 떨어졌다.

"죽은 거야?"

지한이 후미토에게 물었다.

"그걸 왜 나한테 물어!"

후미토는 지한에게 소리를 질렀다.

그들은 서로를 쳐다보며 어쩔 줄 몰라 했다.

"야 너 어떻게 할 거야?"

형준이 후미토에게 언성을 높이며 물었다.

"야. 이제 나한테 몰아세우는 거야? 너희도 같이 때렸잖아!"

"나는 안 때렸거든? 망만 보고 있었어."

지한은 억울하다는 듯 호소했다.

"망본 거는 공범 아닌 거야? 너도 같이 죽인 거야."

후미토가 지한의 어깨를 꽉 잡고 노려보며 말했다.

지한은 후미토의 말에 딱히 할 말이 없었다.

"아니 망했네. 진짜. 아 어쩔 거냐고!"

"아니 뭘 어쩌긴 어째. 최대한 덮어야지."

후미토가 그들에게 말했다.

"누구한테 덮으려고?"

형준이 후미토에게 물었다.

"아 씨. 몰라. 그 어리바리한 애 있잖아."

후미토도 머리가 아팠는지 손으로 머리카락을 쥐어 잡았다.

"여정훈?"

미애가 후미토에게 물었다.

"응."

"그러다가 걸리면 일이 더 커지는데?"

지현이 떨리는 목소리로 말했다.

"슬리퍼 우리 어차피 다 똑같은 거잖아. 그냥 걔한테 이 슬리퍼로 갈아 신자고 하고 부르지, 뭐. 어차피 지금 밤이라서 아무도 없잖아."

후미토의 말에 나머지 애들도 눈치를 보며 고개를 끄덕였다. 무언의 동의 시그널이었다.

후미토는 떨리는 손을 부여잡고 휴대 전화기를 꺼냈다. 자신도 큰일을 저질렀다는 것을 알고 있었다.

그리고 후미토는 떨리는 손으로 정훈에게 전화를 걸었다.

"정훈아 잠깐 학교 좀 올래?"

3

경찰 조사를 마친 후미토의 표정이 어두웠다. 그리고 진실에 대해 아무것도 모르는 그의 엄마 지희는 후미토를 걱정했다. 집에 돌아오자마자 지희는 후미토에게 고생했다며 따뜻한 물을 건넸다.

"아니 열 받아 죽겠네. 정훈인가 뭔가 하는 애가 용의자라면서 전화 한 번 했다고 우리 귀한 아들을 왜 이렇게 생고생시키냐?"

후미토는 옆에서 열변을 토로하는 엄마 옆에서 겁에 질린 채 앉아 있었다.

"아들 기죽지 마. 얼마나 형사들이 난리를 쳤으면 우리 후미토가 이렇게 표정이 안 좋을까?"

"엄마 사실 내가 죽였어."

후미토는 겁에 질린 채로 지희의 손을 붙잡고 말했다.

후미토 말에 당황한 그녀는 얼굴에 웃음기 한 점 볼 수 없었다.

"그게 뭔 소리니? 네가 아니라 그 여정훈인가가 죽였다며. 그 네가 저번에 말했던 부모 없는데 공부는 잘한다는."

"그냥 죽이려고 한 건 아닌데 좀 세게 때렸더니 걔가 거품을 물었어. 근데 걔가 스스로 떨어져서 죽은 거야. 근데 나도 이유가 있어. 걔가 나한테 기어올라서 화가 나는 바람에…."

후미토는 말하면서 감정이 절제가 되지 않아 울기 시작했다. 지희도 충격을 받아 아무 말도 하지 않았다.

"그게 도대체 무슨 소리야!"

지희는 아들의 말을 믿기 힘들어 그 자리에서 소리쳤다.

"아니 여정훈한테 뒤집어 씌우면서도 걱정했는데 이게 진짜 되더라고. 걔는 아니라고 했지만."

지희는 사태의 심각성을 알게 되자 한참을 멍 때리다가 겨우 입을 열었다.

“이제부터 네가 죽인 거 아니야. 무조건 아니라고 해. 모른다고. 알았어?”

지희는 후미토의 팔을 꽉 잡고 그의 눈을 똑똑히 쳐다보며 말했다.

후미토는 다그치는 엄마의 말에 말없이 고개만 끄덕였다.

“그리고 그 거지 같은 친구들부터 떼어 내. 언론은 너희 아버지가 막을 거니까. 걱정하지 말고.”

후미토는 엄마의 말을 마음속에서 계속 새겼다.

“그래. 이제부터 그냥 모른 척하면 되는 거야.”

다음날 학교에 간 후미토는 아무랑도 대화하지 않았다. 그때 형준이 후미토에게 말을 걸었다.

“야 경찰들이 별다른 거 안 물어보던데, 어떻게 된 거야?”

형준은 지나가는 후미토를 붙잡았다.

후미토는 아무 대꾸도 하지 않았다.

“야. 너 왜 아무 말도 안 해?”

형준이 인상을 팍 쓰며 후미토에게 신경질 냈다. 그런데도 후미토는 그의 말을 무시하고 계속 앞으로 가고 있었다. 그런데 갑자기 후미토가 가던 길을 멈추고 다시 형준 쪽으로 걸어갔다.

"이제 말 걸지 마. 모르는 사이가 되어야 돼."

후미토는 정색한 얼굴을 형준에게 내밀며 말했다.

"그게 무슨 소리야?"

형준이 그에게 소리치자 후미토는 조용히 하라면서 그를 끌고 갔다.

"나는 이제 너희들과 예전같이 못 지내. 전학 갈 거기도 하고. 어차피 너 자퇴할 거라며. 이 일로 서로를 위해 우리들은 모르는 사이로 지내는 게 좋아."

"뭐?"

형준은 분노에 찬 눈빛으로 후미토를 노려봤다. 그리고 형준은 화가 났는지 후미토의 팔목을 꽉 잡았다.

"내 인생에 흠집 내기 싫다는 거야. 못 알아들어?"

후미토는 자신의 팔을 잡은 형준의 손을 과감히 뿌리쳤다. 그렇게 후미토가 떠나자 형준은 멍하니 복도에서 한참을 서 있었다.

PART 12

16년의 복수

"잘못했습니다. 살려주세요."

안대로 눈이 가려진 후미토가 허공을 향해 무릎을 꿇고 빌고 있다.

옆에는 후미토와 같은 처지인 네 명의 사람들도 더 있었다.

지현은 아까 맞았던 부분이 계속 아렸다.

"아 진짜 너무 아프네. 최형준 너는 괜찮아?"

지현은 납치되는 과정에서 다리를 다친 형준이 계속 신경이 쓰이고 있었다.

그 이름을 듣자마자 후미토는 이름이 들린 쪽으로 고개를 돌렸다.

"최형준이라고?"

후미토는 모든 신경이 최형준 이름 세 글자에 신경이 곤두세워졌다.

"뭐 최형준?"

후미토는 고개를 양옆으로 흔들며 소리쳤다.

그곳에 있는 모든 사람들은 안대로 눈이 가려져 있어서 아무것도 보이지가 않았다.

"네가 후미토야?"

안대 때문에 눈이 보이지 않는 형준이 고개를 돌려 소리쳤다.

"너 이 자식. 너 죽여버릴 거야."

후미토는 최형준의 목소리를 듣자마자 그 자리에서 발작하면서 일어났다. 그의 멱살을 잡으려고 있는 힘껏 팔을 뻗어 댔다.

하지만 손발이 꽁꽁 묶여서 넘어져 버렸다.

그때 문에서 누군가가 들어왔다.

"저를 납치한 사람인가요? 제가 정말 잘못했으니까 용서해 주세요."

인질들은 하나같이 무릎을 꿇고 손바닥을 빌었다. 미애는 며칠 동안 물밖에 먹지 못해 기운이 빠져 있는 상태였다.

납치범은 네 명의 인질들의 안대를 풀었다.

"나 기억 안 나?"

후미토는 그의 눈 밑에 있는 점 때문에 누구인지 기억이 났다. 그를 알아채는 순간 후미토는 지난 16년간의 기억이 머릿속에 스쳐 갔다.

"정말 모르겠습니다. 아무 일도 기억이 나지 않아요."

후미토는 떨리는 목소리로 기억이 나지 않는 척을 했다.

"나 여정훈. 기억 안 나? 기억이 안 나는데 왜 편지를 받고 온 거지?"

납치범이 자신의 이름을 밝히자 그때 모든 인질들의 눈동자가 흔들리기 시작했다.

"그 편지들 내가 보낸 거야."

인질들 모두 다 겁에 질려 했지만 그중 유난히 지한은 혼이 나갔다.

"아니 모른다고!"

그때 최형준이 그를 향해 소리를 질렀다. 그리고 정훈을 향해 폭주하기 시작했다.

"너 지금 나 각목으로 때려서 기절시킨 거지? 살인자 자식 주제에 몇 명을 더 죽이려고 작정했네."

형준은 정훈을 때리려는 기세였다. 정훈이 옆에 있는 각목을 들자 형준은 꽁꽁 묶인 몸으로 움찔거렸다.

"나는 16년간 숨어 다니면서 내 인생은 망가졌지만 너네는 아무렇지도 않게 잘 살고 있었더라. 그게 억울해 미치겠어."

정훈은 각목을 집어던지며 울부짖었다.

그가 울부짖자 한참 동안 정적이 흘렀다.

"나에게 왜 뒤집어 씌운 거지? 솔직하게 말하지 않으면 지금 당장 불질러서 죽여버릴 거야!"

정훈의 분노에 모든 인질들은 겁에 질려 일제히 고개를 숙였다. 그들은 무서워서 발만 동동 구를 뿐이었다.

"그거 후미토가 먼저 한 거야."

형준이 후미토쪽으로 고개를 돌리며 소리쳤다.

"맞아 그거 후미토가 한 거야."

그때 옆에 있던 미애가 똑같이 소리쳤다.

"뭐? 내가 언제 그랬어!"

후미토는 아니라고 계속 부인했다.

"후미토 네가 준 슬리퍼에 니들 피가 묻어 있었던 건 몰랐지?"

"내 피도 묻어 있었어?"

미애가 당황해서 정훈에게 재차 물었다.

납치된 일원들은 일제히 말을 할 수가 없었다.

"나도 이제 억울한 거 밝힐 거야. 그동안 두려워서 다시 돌아올 수 없었거든."

"알았어. 미안해."

후미토가 정훈을 향해 무릎을 꿇었다.

"뭐? 미안하다고?"

정훈은 헛웃음을 치며 그에게 다시 물었다.

"그래. 미안해. 나라고 죄책감 안 느끼겠니? 근데 내가 살고 싶어서 그랬어. 나는 감옥에 가기 아까운 인생이었어서 그랬어."

"너 진짜 죽고 싶은 거니?"

후미토의 말을 들은 정훈은 이성을 잃고 옆에 있는 각목을 집어 들었다. 그런 정훈을 본 후미토는 너무 놀라 꽁꽁 묶

여진 몸으로 그의 다리를 붙잡고 빌었다.

"내가 돈으로 얼마든지 보상해 줄게. 나는 잃을 게 너무 많은 사람이야. 진짜 이거는 그냥 묻어갈 수 없을까?"

후미토가 무릎을 꿇고 정훈 앞에서 손으로 싹싹 빌었다.

"후미토, 너는 죗값을 치를 거야. 그리고 여기 있는 모든애들도. 납치한 나도 이번 건 죗값 치를 거고."

"제발. 부탁이야. 그냥 넘어 가줘. 나는 나락 가고 싶지 않아."

후미토가 눈물을 쏟으며 정훈의 다리를 붙잡고 간절하게 빌었다.

"이거 지금 실시간으로 공개되고 있어. 나도 내 인생 되 찾을 거야."

"뭐라고?"

가만히 옆에서 숨죽이며 있던 지한이 고개를 들며 다시 물었다.

"그래. 너희들 이제 죽었어. 같이 얼굴 팔리는 거야."

그때 누군가가 컨테이너 문을 두드렸다.

"경찰입니다."

후미토는 경찰이 왔다는 소리를 듣고 모든 게 끝났다는 생각이 들어 비명을 질렀다.

"말도 안 돼! 모든 게 끝이야!"

후미토의 비명과 소리는 생생히 방송을 통해 송출되었다.

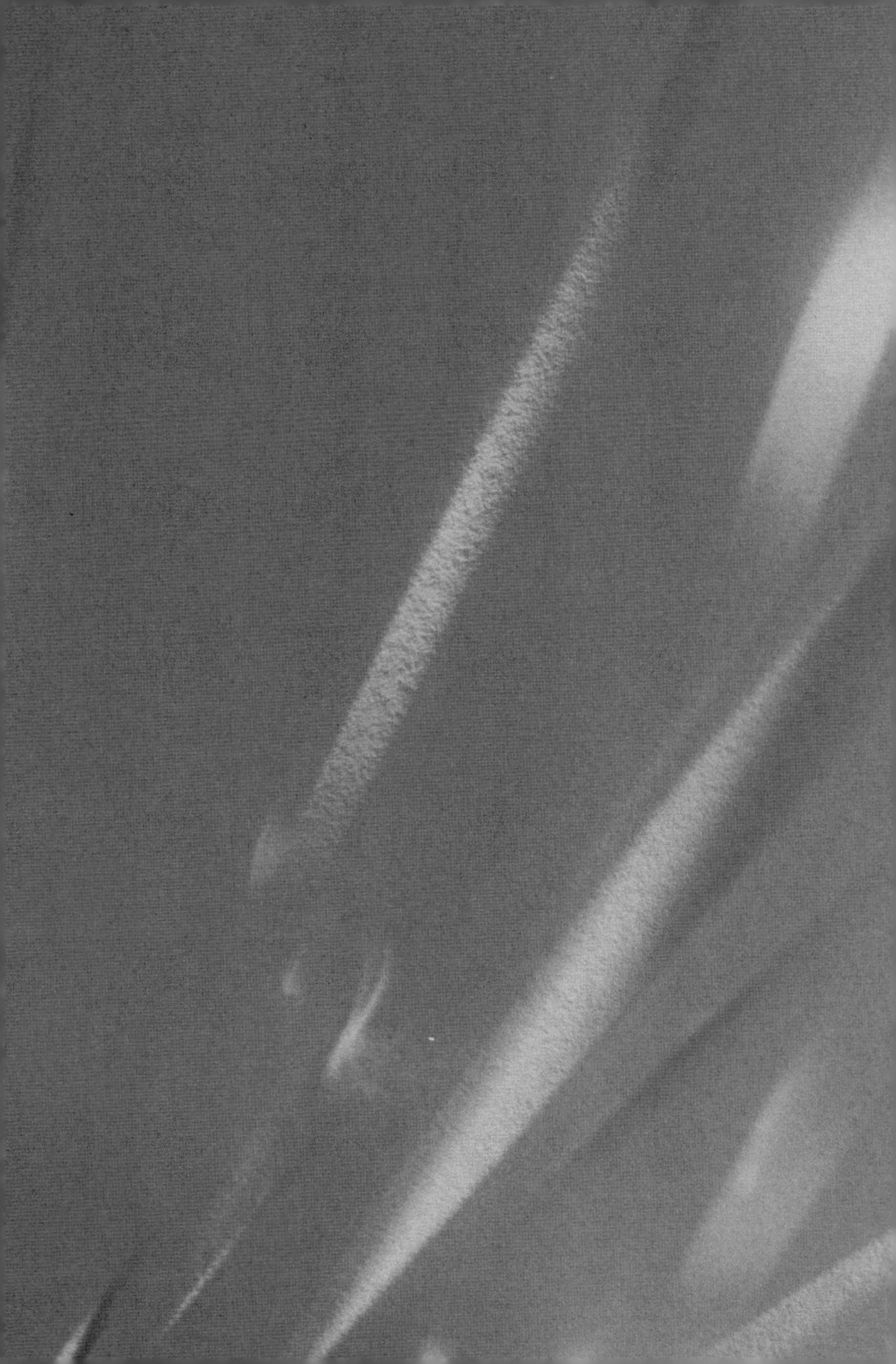

PART 13

다시 일상 속으로

"유키, 후미토 기사 봤어?"

유키의 동료 직원이 그녀에게 물었다.

"응"

유키는 후미토에 대해 이야기하고 싶지 않아 대답만 하고 자리를 피했다. 다행히도 회사 사람들은 그녀가 후미토와 약혼 예정이라는 사실을 알지는 못했다.

전국적으로 후미토와 인질들의 실시간 방송 이야기로 떠들썩 했다.

회사에서는 특히나 후미토 이야기로 시끌벅적이었다. 하지만 공개적인 장소에서는 서로 눈치를 보느라 그 이야기를 꺼내지는 못했었다. 회사를 대표하는 간판 기자가 불미스러운 일에 휩싸였다는 거에 회사의 분위기는 냉랭할 수밖에 없었다. 점심시간에 직원들은 몰래 모여서 후미토의 뒷담화를 했다.

"후미토 아주 무서운 사람이었네."

"그니까. 아주 정의로운 척하더만."

"지금 구치소에 있다던데. 어쩜 어릴 때부터 그런 짓을 할 수가 있는 거지?"

"후미토 부모님도 살인 은폐해서 지금 수사 받고 있대요."

후미토의 뒷담화를 듣는 유키는 마음이 크게 동요되지 않았지만 계속해서 귀는 열려 있었다.

유키는 고개를 돌려 뒷자리에 있는 후미토 책상을 바라보았다. 후미토가 해고를 당하고 나서부터는 그의 물건과 흔적들은 다 사라진 상태였다.

"후미토 일 아직도 안 믿기지?"

후미토의 책상을 멍하니 바라보던 유키에게 부장이 말을 걸었다.

"아… 뭐 이제 저랑 상관없는 일이죠."

유키는 고개를 돌리고 업무 파일을 정리했다.

"그래? 죗값 치르겠지. 근데 나는 유키랑 후미토 사이가 묘해 보였단 말이지."

유키가 부장의 말을 듣고 흠칫 놀랐다.

"그럴 리가요. 그때는 좋은 동료였고 이제는 그냥 완전히 모르는 사이가 되려고요."

유키의 표정은 좋아 보이지 않았다.

"그렇군. 오늘 회식은 참석할 거지? 회사가 어수선해서 할까 말까 고민했는데."

"그럼요. 참석해야죠."

그녀는 아무렇지 않게 일상에 적응했다.

퇴근 후 직원들은 이자카야 술집에서 회식했다. 후미토 사건이 이틀 정도밖에 지나지 않아서 분위기는 꽤나 어두웠다. 암묵적으로 공개적인 자리에서는 후미토 언급을 하지 않는 규칙이 있었다.

"다들 그러지 말고 한잔해요."

부장 옆에 앉아있던 직원이 분위기를 띄우려고 했다.

다들 눈치를 보며 웃으면서 건배했다.

그때 옆 테이블에 있던 손님이 티브이의 채널을 뉴스로

돌렸다. 뉴스에서는 후미토 이야기로 난리가 아니었다. 옆 테이블 손님들은 하나둘씩 그의 이야기를 하기 시작했다.

"후미토 기자 아주 소름 끼치는 인간이었네."

"이제 뭐 감옥에 갈 일만 남았죠."

어떤 손님은 술에 취해서 욕을 퍼부으며 후미토를 모욕했다. 유키의 회사 동료들은 자기들끼리 서로 눈치만 보며 기침 소리를 냈다. 그리고 아무렇지 않은 척 각자 술만 벌컥벌컥 마셨다.

유키도 그들의 말을 가만히 듣고 있었지만, 한편으로는 같은 마음이면서도 마냥 마음이 좋지만은 않았다. 아무리 그가 살인자였어도 한때 사랑했던 사이였기에 잔정이라는 게 남아있는 것은 당연했다.

한바탕 손님들의 소란으로 회식 분위기는 싸늘한 분위기가 되었지만, 술로 인해 다시 곧 무르익어 갔다.

회식 분위기는 생각보다 잔잔하게 흘러갔다. 다들 하나둘씩 취하기 시작할 때쯤 유키가 자리에서 일어났다.

"저 먼저 가보겠습니다."

"그래? 일찍 가네."

"안녕히 계세요. 다음 주 월요일에 봬요."

직원들은 오늘따라 술을 먹지 않고 일찍 가는 유키를 의아하게 생각했다.

"뭐지, 아까 후미토 얘기 나와서 그런가? 되게 친해 보이긴 했지."

유키가 떠난 후 옆에 있던 직원이 말했다.

평소 회식 때 유키는 분위기를 띄우려고 최대한 남들과 같이 술을 마셨던 그녀이기에 오늘은 이상해 보이는 것이 당연했다.

유키는 식당에서 나와 맑은 공기를 마셨다. 생각을 정리하는 중이었다.

유키는 후미토에게 큰 실망을 했기에 그에 대한 모든 추억을 잊으려고 노력하는 중이었다. 그래서 집에 있는 그와 관련된 모든 물건은 폐기 처분한 상태였다.

생각에 잠긴 유키는 한 시간 정도 홀로 거리를 배회했다. 유키는 생각이 찬찬히 정리가 돼 가는 것 같았다.

"이제 슬슬 집 들어가 봐야겠다. 짐 정리도 해야 하고."

유키는 내일모레 이사 갈 예정이어서 짐 정리를 하러 집으로 향했다. 집에 들어온 유키는 상자 안에 짐들을 옮겼다. 모두 다 버린 줄 알았지만, 생각보다 후미토의 흔적들이 많이 남아있었다. 유키는 후미토가 거쳐간 물건들을 한데 모아 집 밖으로 끌고 갔다. 그리고 유키는 그것들을 쓰레기장에다가 던져 버렸다.

다시 집으로 온 유키는 회식과 짐 정리로 피곤했는지 침대에 푹 쓰러져 눈을 감았다. 잠에 빠진 줄도 모른 채 눈을 감은 유키는 문을 두드리는 소리에 잠에서 깼다.

시계를 보니 오전 11시였다.

"아침부터 누구지?"

유키는 머리 긁적이며 현관문으로 다가갔다.

"누구세요?"

"경비실입니다."

문을 여니 경비원이 우편 봉투를 들고 서 있었다.

"이거 어제 우편 배달원이 경비실에 맡겨 놓고 갔어요. 저녁에 집에 안 계셔서."

"아 감사합니다."

유키는 경비원에게 감사 인사를 전하고 문을 닫았다. 유키는 바로 우편 봉투의 앞뒤를 확인했다.

편지의 발신자는 후미토였다. 우편물의 글씨를 확인해 보니 구치소에서 보낸 것이었다. 유키는 편지를 만지작거렸다. 뜯어서 읽을까 말까를 고민하던 중이었다.

"무슨 말을 하려고 보낸 거니."

그의 편지를 읽으면 마음이 약해질 것 같아서 망설여졌다. 방에서 계속 고민하던 유키가 무언가 결심했는지 라이터를 들고 밖으로 나갔다. 머리를 시킬 겸 계속 걸어 다녔다. 그녀가 그렇게 걷다가 멈춘 곳은 강가 위 다리였다. 유키는 읽지 않은 그 편지를 다시 꺼냈다. 그리고 한참을 머뭇거리다가 라이터를 꺼냈다.

"이게 내 답장이야. 후미토."

유키는 후미토의 편지에 불을 붙였다. 후미토의 편지는 순식간에 불에 타버렸다. 유키는 타들어 가는 편지를 강가에 던졌다. 강에 닿자마자 불씨는 점점 작아졌다.

유키는 미련 없이 뒤돌아 집을 향했다. 그녀의 또각또각 하는 구두 소리만 날 뿐이었다.

2

유리카의 고시원에는 눈이 부실 정도로 빛나는 아침 햇살이 들어왔다.

유리카는 어젯밤 짐을 싸느라 바빠서 늦게 잠들어 점심쯤에 일어났다. 오늘은 고시원의 생활을 정리하고 저녁 비행기를 타고 한국으로 떠날 예정이었다. 또한 그가 일해왔던 접대부의 삶도 청산할 생각이었다.

"배고프다."

어제부터 유리카는 계속 아무것도 먹고 싶지 않았고 음식을 씹을 힘조차도 없었다. 드디어 입맛이 생긴 유리카는 어제 고시원 주인이 사 준 샌드위치를 한입 물었다. 유리카는 샌드위치를 먹으면서 심심해지자, 리모컨으로 손이 갔다. 티브이를 틀자마자 그 사건에 대한 뉴스가 나왔다. 뉴스를 본 유리카는 먹던 샌드위치를 잠시 내려놨다. 유리카가 먹던 걸 멈춘 이유는 지한의 사망 소식이었기 때문이었다.

지한이 수사 받던 중에 스스로 목숨을 끊었다는 내용이었다. 유리카는 몇 초 정도 멍 때리더니 눈 하나 깜빡하지 않고 다시 샌드위치를 오물오물 씹었다. 샌드위치를 다 먹자 유리카는 바로 티브이를 껐다.

"휴, 이제 여기도 떠나야지."

유리카는 한국행 티켓을 챙겼다. 저녁 8시 비행기 표였다.

"여기 있어봤자 뭐 하냐. 미리 공항에 가 있어야겠다."

여기서 딱히 할 것도 없기에 유리카는 공항에서 비행기를 미리 기다리기로 결심했다. 유리카는 과거에 입었던 접대부 옷이 아닌 평범한 하얀 스웨터에 검은 바지를 입었다.

고시원을 나가기 전 유리카는 쪽지 한 장을 남겼다. 주인 아주머니에게 쓰는 편지였다.

> 고시원 아주머니. 그동안 감사했습니다. 여기서 산 지 길지 않았지만, 처음으로 따뜻함을 느꼈어요.
>
> 일본에서 살면서 가장 저에게 친절하게 대해 주셨던 사람이에요. 저는 이제 엄마의 고향으로 가보려고요. 그곳에서 제가 옛날 꿈이었던 제빵사가 되어 빵집을 차려서 살려고요.

고등학교 때 제빵 일을 한 적이 있었거든요.

그동안 저에게 걱정의 말해주신 거 감사합니다.

제 이름은 나미가 아니라 하야마 유리카예요.

-하야마 유리카-

유리카는 고시원을 나가면서 자신도 모르게 눈물이 났다.

"내가 왜 이러지."

그녀는 흘러나오는 눈물을 참으려고 입술을 꽉 깨물었다. 새로운 삶에 대한 두려움인지 지난 삶의 후회인지 헷갈렸다. 유리카는 밖에 나와 비친 자신의 모습을 바라보았다.

"나는 이제 할 수 있어."

그녀는 물끄러미 자신의 옷차림을 쳐다보았다.

그녀의 상의와 하의는 과거의 어둠에서 벗어난 것 같았다. 그런데 유리카의 눈에는 검은 하이힐이 눈에 밟혔다. 그것은 지한에게 선물 받은 하이힐이자 그녀가 갖고 있는 유일한 신발이었다.

"……."

유리카는 아무 말 없이 물끄러미 하이힐을 바라보았다. 그리고 고개를 돌려 두리번거렸다.

뒤를 돌아보니 신발 가게가 있었다. 유리카는 과감하게 검은 하이힐을 옆에 있는 쓰레기통에 버렸다.

그리고 그녀는 양말도 안 신은 맨발로 신발 가게에 들어갔다.

가게 사장은 맨발로 들어온 유리카를 보고 당황한 눈치였다.

"찾으시는 거 있으세요?"

"하얀 운동화 주세요. 굽 낮은 걸로요."

유리카는 그전보다 당찬 목소리였다.

"이거 한번 신어 보세요."

사장이 유리카에게 하얀 운동화 하나를 건넸다.

"딱 맞네요. 이걸로 주세요."

유리카는 바로 그 자리에서 하얀 운동화를 신었다.

"안녕히 계세요."

유리카는 신발 가게에 나와 하얀 헤드셋을 썼다.

그리고 그녀의 오른손으로는 캐리어를 끌고 공항으로 향

했다. 도쿄의 날씨는 규슈보다 따뜻했다.